The Stars Beneath Our Feet

來不及閃耀的星星

David Barclay Moore

大衛・巴克雷・摩爾——著 卓妙容——譯

獻給布萊恩・派翠克・摩爾，

你絕對是最亮的一顆星。

我想念你。

即使我們無法在人世間重逢，
但是未來在某個時間、某個地點，
我們也一定會踩著星星再次相遇。

——節錄自理察·切尼維克斯·特倫奇

《殉道者猶斯定的故事》

推薦序

陪伴孩子度過失速的青春期

文／貓頭鷹親子教育協會創辦人 李苑芳

這本書，探討著非主流青少年所面臨的各種困境與抉擇。

十二歲，一腳跨出童年，一腳卻不知得踩向何處的黑人男孩羅利，生活在貧窮、髒亂之中，每天一個不小心就會在充滿尿騷味的樓梯間被醉鬼絆倒，走進中庭就立刻遇見一位藥頭先生大剌剌的在賣大麻；幫派間的派系問題，讓這個孩子無時無刻都處於「地盤危機」裡；如何在這樣的環境中存活，成為身處社會底層青少年眼前最大的難題。加入幫派，躲在黑社會的保護傘下，就能安然無事的長大嗎？

進入「青少年危機」階段的羅利，正值追求自我定位的重要時期，個人存在的意義和價值，隨著加入幫派的大哥被槍殺而陷入困境；對自己的未來更是充滿了迷惘和不確定，鎮日鬱鬱寡歡不知何去何從。這些孩子，每天下課後都要到課輔中心去；直到十二、三歲後，有一些人就開始選擇在街頭遊蕩；那看似不具顯著成效的課輔中心，卻因恰如其分的提供了孩子所需要的資源，讓他發現自己的特長與未來。誠如書中所說：「彼之垃圾，吾之寶藏」（One man's trash is another man's treasure）！

而，家人，永遠扮演著最重要的角色；愛孩子是一種能力，無論貧窮或富有，都能適時的散發出來，羅利的母親，一個女同志，就在最重要的關鍵時刻，對孩子說出為人母的心聲，這些話如暮鼓晨鐘般的敲醒他，因而獲得了奇蹟似的轉變，給自己一個最佳的抉擇。

這本書，除了可以提供給那些徬徨在十字路口，不知何去何從的青少年一個借鏡外，更可提供所有的家長和師長們，一本認識青少年的好書。它精準的刻劃出了那些青少年孩子「沒有意見」後面，「說不出口」的話語；那些你以為的原因，背後卻藏著他「不願意說」的困境。這些細節，在在提醒大人，不要隨便貼青少年「標籤」；只要我們能耐下性子、陪在孩子的身邊、用心聆聽孩子的內在聲音，狂飆的青春期，就能安然度過。

推薦序

樂高，豐富了我的生命

文／臺灣唯一樂高認證大師　黃彥智

很久沒有一本書能這樣吸引我放下手邊的工作，跟著故事情節心情隨之起舞，時而不捨、時而欣慰、時而充滿感動，進而回想起自己年少時的一段往事。

《來不及閃耀的星星》敘述一個名叫羅利的十二歲男孩，生長在低層階級的黑人世界裡，他的哥哥為了擺脫貧困加入幫派而被殺害、母親因同性戀與父親離異、少了父親的保護，必須長期忍受幫派的威脅與打壓……面對著生活中種種難題，羅利沒有選擇憎恨、抱怨，或是跟哥哥一樣隨波逐流，而是藉由樂高創作來抒發現實中的恐懼、壓力。故事中，我們不僅看到羅利如何利用他的「善良、愛與智慧」，為自己與同伴找到生命的出口，也引導讀者走出「失去」的傷痛，讓心靈保持正向的思維。

看著羅利的故事，不禁令我憶起自己也曾經有段悲慘的歲月，從小我也曾是對著樂高櫥窗發呆的那個男孩，對樂高世界充滿嚮往。然而在當年，樂高屬於高價位的玩具，一般家庭無法輕易滿足小孩的欲望，加上升學風氣盛行，我只能暫時擱下這份想望，認真念書，最後也順利以第一志願考上臺中一中。

正當我意氣風發，等著迎接美好未來時，老天對我開了一個大玩笑，在一次跳遠比賽中我不慎跌倒，從此「疼痛」便與我為伍，每天都得忍受著全身僵硬造成的疼痛，起床要分段式翻身，打個噴嚏也萬分痛苦，不僅脖子動彈不得，脊椎也因僵硬而變形，我的生活陷入黑暗的無底深淵，連同學們都叫我「殘廢的」。

我一度對於未來完全絕望。但看著辛勞工作的父親、自責無助的母親，我不斷告訴自己：我不能就這樣被打倒。即使忍著病痛，也要用功讀書，將來有一天當上醫師或許能替自己治病。

多年後我如願當上醫師，並擁有自己的家庭，我很慶幸這一路艱辛的抗病過程，我沒有選擇放棄自己，而是更努力的珍惜生命，讓自己有機會成為更好的人。

在一次幫孩子添購玩具時，看到五花八門的樂高盒組，我再度燃起小時候的熱情，也就此開啟樂高創作生涯。在樂高創作的世界，我可以專注的思考及發揮天馬行空的想像力，這是一個非常紓壓放鬆的自我領域，讓我擺脫病痛的不適及工作勞累引起的壓力。剛開始，我只要一有空閒時間便會尋找不同題材來創作，同時也會搜尋網路上的資訊投稿，當作品獲得好評，我便從中獲得很大的成就感，促使我不停創作更多、更好的作品。

為了讓創作更豐富、更多元，我除了不斷研究創作技巧，也開始學習不同領域的專業，只要有展出的機會，便不計酬勞的參加。就這樣不間斷的創作、展覽，經歷了十年，終於在二〇一六年，丹麥樂高總公司看見了我，並肯定這麼多年來我在樂高創作上累積的實力與經驗，我正式成為「全世界第十五位官方認證樂高大師」。

樂高創作生涯至今已有十三個年頭，如果你問我為什麼會成功，我想應該是來自於「熱情、堅持、努力、決心、機會」造就了現在的我，如今，我常常帶著創作及家人到各地布展、旅行，那是我覺得最開心的事了。樂高創作不僅開闊我的眼界、實現我的夢想，更豐富我的生命。

小說與教科書截然不同，它不教導專業技能，沒有闡述人生大道理。一個勵志的故事也許無法改變我們所碰到的艱難遭遇，卻能為生命帶來鼓舞。這條努力前進的道路雖然辛苦，卻很充實。而有一天你會發現，你投入的所有辛苦將會塑造出獨一無二的你，而這個你，將會為你改變命運、創造價值。

獻給每個讀者——未來絕對可以掌握在自己手裡，只要你願意「相信自己」，便能「勇於追夢、築夢踏實」！

我無法不去想像他們又髒又粗的手拿著我乾乾淨淨的球鞋的畫面。我無法擺脫壓在胸口讓一切了無生趣的巨石。跟在我身後的兩個傢伙是原因之一，但主要是因為我明白這一次杰邁恩（Jermaine）已經不會在這裡保護我的安全了。

他再也不會、再也不能回家了。

這雙鞋是夏天我過十二歲生日時，爸爸班尼・瑞奇波爾（Benny Rachpaul）送我的禮物，我才不要將它們拱手讓給兩個在第一百二十五街上閒晃的小混混。

丟臉就不用說了，要是媽媽知道我讓他們搶走我的鞋，她一定會狠狠的打我屁股。然後等爸爸聽說了，他也會開車過來再把我痛揍一頓。

我豎起藍色連帽大衣的領子，加快速度繼續沿著第一百二十五街前進。我聽到身後傳來踏破路面薄冰的喀吱聲也變快了，顯然跟蹤在後面的那兩個人和我一樣加快了腳步。我的心臟不禁開始怦怦直跳。

雖然我的處境相當危險，但是四周的景色卻很宜人。今晚哈林區的主要街道綴滿了明亮的彩燈，開得好大聲的喇叭持續播放著耶誕歌曲。我猜是為了要製造過節的氣氛吧？

但是對我來說，沒有任何東西——真的沒有任何東西，可以再讓我感受到耶誕節的歡愉。我已經免疫了。

什麼都起不了作用了。

所有的耶誕歌曲、花圈、小飾品和開心的購物人潮，全都與我無關。就在幾個星期前，我已經決定我再也不會覺得快樂了。

因為太不公平了。

太不公平了，就這麼搶走我以為會一輩子陪在我身邊的人。太不公平了，應該和我共度這個耶誕節，以及之後許許多多個耶誕節的那個人就這麼不見了！

還有我連走在第一百二十五街都不得安寧，這也很不公平。我在人行道上快步行走，同時用眼角瞄著來來往往的路人。所有人年紀都比我大，而大多數都和我一樣是黑人。我不只是這裡年紀最小的，也是少數走在這條街上心裡會害怕的一個。

對我們這種年紀的孩子來說，在這裡閒逛，即使是在平安夜，也不是一件輕鬆愜意的事。我覺得自己簡直是冒著生命危險在前進，真的。

這些老傢伙和我根本是活在不同的世界裡。

我穿越馬路，閃進角落的禮品店。我的兩個「好朋友」臉上掛著大大的笑容在外頭等我，其中一個在消防栓上坐下，對著我搖了搖手指頭，擺出逗弄坐在娃娃車裡嬰兒的樣子。

我抿緊嘴，轉身面對店員。

「耶誕快樂，年輕人。」店員說，「需要幫你找什麼嗎？」他的眼睛瞄向等在外頭的兩個青少年，皺眉瞪著他們，露出不悅的表情。

我看著他們離開，鬆了一口氣。店員的光頭歪向一邊打量我。

「我要買耶誕禮物。」我說，「一個給我媽媽，一個給她的……呃，朋友。還有一個給我爸爸。不過我沒有很多錢。」

「最後一分鐘才出來買禮物，是吧？」他對我微笑，「來吧，我們會幫你弄得妥妥貼貼的。你運氣真好，我們在平安夜還開得這麼晚，第一百二十五街上的店幾乎全關了呢！」

第一百二十五街是一條大馬路，右起曼哈頓島東側的東河，左至曼哈頓島西側的哈德遜河，不但橫貫整個哈林區，也是大部分主要商店和公司的所在地。阿波羅劇院、亞當・克萊頓・鮑威爾大樓、畫室博物館都在第一百二十五街上。如果將哈林區比喻成一個人，那麼第一百二十五街就是跳動的心臟，無時無刻都在活動。

不過我不知道如果哈林區是個人，他的大腦會是什麼樣子。

在快跑回家的路上，我這才發現剛剛在店裡買的禮物居然這麼重。我希望媽媽和伊凡娜（Yvonne）會開心，也希望爸爸會喜歡他的禮物。

塑膠袋的提把在我的手指上勒出一道道紅痕。

就在我把塑膠袋換到另一隻手時，我看到了他們。隔著寬大而泥濘的柏油路，那兩個年紀比我大一點的男孩又盯上了我。我走在第一百二十五街上，加快腳步朝著聖尼可拉斯的方向疾走，希望可以在他們趕上我之前跨過邊界。

在我住的地方，邊界代表了一切。

還有地盤。

還有小團體。

在哈林區，當你還是個幼童時，只要小心一點，幾乎什麼地方都可以去，什麼事都可以做。不過等到開始長大後，差不多在我這個年紀，也就是十二歲左右，情況就變得不一樣了。

不再是所有的地方都可以去。

你會開始擔心派系的問題。派系就像幫派，大多是男孩們成群結黨，也有少部分女生，時常聚在一起。主要是一起玩，但多多少少也是為了尋求保護。

每個派系都有自己的地盤。如果你不是那個社區的人，或者不是那些人的同伴，你就不能踏入他們的地盤。

我小時候有個叫寇蒂的好朋友，他住在東一百二十七街。即使我住在西邊的社區，我們還是常常一起在東一百二十七街玩皮球或躲避球。

現在當我看到寇蒂和他的同伴在一起時，我們根本不交談。他通常只會瞄我一眼，彷彿下一秒就要和他的同伴過來圍毆我似的。就因為我們住在不同的地方，而且我們現在已經長大了，所以他不得不這麼做。

派系就是這麼回事。

所以今晚，當我終於離開第一百二十五街，轉到第八大道時，尾隨我的那兩個人只好停下腳步。並不是說有路障之類的東西擋住他們，如果他們真的想要，大可以繼續跟著我走上第八大道，走進聖尼可拉斯社會住宅。

只不過如果他們真的這麼做了，一定會被人痛毆一頓。

或者更糟。

「喲！在忙啥呢？羅利（Lolly）。」我走進聖尼可拉斯社會住宅的小徑時，「水泥」對我說。我們擊掌打招呼。「羅利．瑞奇波爾。」他又開口。

「嘿！『水泥』。」我對他說，「你爹爹好嗎？」

「他很好。」「水泥」回答，「謝謝你問候他。你媽媽好嗎？」

「她很好。」我說，「耶誕快樂！」

「喲，兄弟，我不再過白人耶穌紀念日了！」他大喊，「那是壓迫者才過的節日。」

「水泥」三十歲左右，要是杰邁恩還活著，應該比他小十歲。我們老是叫他「水泥」，事實上我甚至不知道他的真名。我猜他大概也不曉得羅利並不是我的真名，雖然每個人都那樣叫我。

「抱歉，老兄。」我對他說。

「水泥」並不住在聖尼可拉斯社會住宅，但他老是待在社區的中庭花園裡。從我有記憶以來，他就一直在中庭賣大麻。他是個藥頭，或者你也可以叫他「街頭藥劑師」。

我住的聖尼可拉斯社會住宅就像一個大家庭——和真正的大家庭一樣，「親戚」裡總有幾個你喜歡的，但也有幾個讓你受不了、一天到晚只會找麻煩的。

聖尼可拉斯社會住宅就像那樣。

但這裡是我的家。

我回到我和媽媽同住的那棟樓，從壞掉的門鑽進去，開始爬樓梯，因為我們的電梯也壞了——反正市政府什麼都不修。

要爬七層樓呢！

爬到一半，樓梯間突然變暗許多。這層樓的燈泡燒掉了，換句話說，我得小心的在黑暗中往上爬。什麼都看不見讓我的嗅覺變得更敏感，而樓梯間聞起來幾乎都是尿騷味。不過，那種味道聞久也就習慣了。

突然間，我抬起來的一隻腳踢到了東西。一大塊東西。那一大塊東西跳起來，不停搥打我的腿。我踉蹌後退，差點滾下樓梯，然後我才發現那一大塊東西是老酒鬼摩西。當戶外變得非常冷，就像今晚這樣，他有時會進來睡在樓梯間裡。

直到被孩子們趕出去。

或是警察。

「耶誕快樂，老醉鬼。」我對他說。

「沒禮貌，小男孩！」他在我身後大叫。「我才沒醉呢！我一年只喝兩次——」

「對啦！我知道，摩西，你只在你生日時喝，還有不是你生日時喝。」

他的每一個笑話我都聽過好多遍了。

摩西在黑暗中笑得像個老巫婆，我則繼續努力的往上爬。

2

我打開大門的鎖，躡手躡腳的走進去。

我把購物袋抱在胸前，悄悄走過媽媽和伊凡娜背後。她們正忙著準備耶誕大餐。我聞到媽媽最拿手的印度煎餅和伊凡娜的乳酪通心粉，還有爐子上蟹肉蔬菜濃湯的獨特香味。

媽媽大喊，「羅利，你回來了？」

「對！」

我直接衝進我的臥室，關上了門。

✦

對了，忘了說一件事，我很愛樂高，非常非常愛。

我的年紀玩樂高可能有點太大了，不過我有好多好多不同的樂高積木組——太空船、恐龍、卡車和汽車，全都整整齊齊的排在臥室靠牆的書櫃上。以前杰邁恩總是看它們不順眼，因為我的樂高實在太多了，而他又必須和我共用一間臥室。

現在，這個房間只剩我一個人了。

每一次走進我們的房間，我就會看到在我的床對面、杰邁恩那張空蕩蕩的單人床。

我去媽媽的臥室拿來了包裝紙，坐在床上將剛才買的禮物包好，然後躺下來數我的樂高組合。現在我有四十六組不同的，而明天早上我大概還會再收到幾盒。

我對於自己能耐心遵守每一組說明書的步驟感到自豪。我做出的成品總是和盒子上印的照片一模一樣。

我閉上雙眼。

門鈴響了。

很快的，我聽到媽媽開門和她祝維加（Vega）耶誕快樂的聲音。他帶著濃濃多明尼加口音響亮的回答：他們一家人明天就要飛回多明尼加過節了。

媽媽試著裝出有興趣的樣子。

即使在室內，維加還是以彷彿在空曠戶外一樣的音量講話。這點真的很奇怪，因為當他在演奏樂器時，總是非常冷靜而沉默。

我仍然閉著眼睛，聽到他走進我的房間，在杰邁恩以前的床坐下。有好一會兒他都沒出聲，我猜他是在打量我。

「你根本沒在睡，小黑鬼。」我聽到他大聲說。

我忍不住笑了起來，張開眼睛。

「最近怎樣？」他說，接著突然故作甜美的唱著：「我夢想著一個黑色耶誕節。」

我又開始大笑，不過最近我笑起來都怪怪的。以前我笑的時候會覺得很開心，現在那種感覺卻只會出現一下下，然後我就會再掉回黑暗的世界裡。

維加全都知道。他是我最要好的朋友。

「你覺得你媽會買你想要的那支智慧型手機送你嗎？」他問。

我聳聳肩，翻了個白眼。「她說那會給我招來危險。」我將手擺成槍的形狀，扣下扳機，

「她不想在兒子的胸膛上畫一個大靶心。」

「沒錯。」維加站起來，打量我掛在牆上的小丑洛奇的海報，「那麼你覺得班尼·瑞奇波爾

會買給你嗎？」他問。

我再度聳肩。「我不曉得我爸是怎麼想的。」

「嘿，他今晚會來嗎？」

「你知道他對我媽和她朋友的看法。」

維加點點頭。「是啦，不過她和伊凡娜交往多久了？」

「很久很久了。」我回答。

凱西米諾・維加和他爸媽、小妹愛麗斯住在我們的上一層樓。他們看起來像美國黑人，你也會以為他們是美國黑人，直到他們開口吐出一大串多明尼加話或西班牙語。他媽媽不大會說英文。他們全是膚色很深的多明尼加人。

我的皮膚沒有維加那麼黑，比較偏向紅棕色，而且顴骨非常高。我的眼睛也很小。我討厭自己的眼睛，簡直像兩條細縫。

看到維加打量我書櫃上的樂高組合時，我的眼睛瞇得更小了。

「我們最近才知道我阿姨是同性戀。她上個月過感恩節時告訴了我媽媽。」維加說，拿起一輛城市巴士。每次別人手上拿著我的樂高時，我總是緊張得不得了。「其實大家早猜到了。她的言行舉止跟男人沒兩樣，幫市政府開著一輛超大的巴士。嘟嘟叭叭！」

「男人婆。」我說，形容他阿姨的外型。

「對。」維加同意。他開始咯咯笑，差點失手把樂高巴士摔到地上。

「喂！」我大叫，「小心一點。」

「我才不會蠢到把你的笨蛋巴士摔下去咧！」他說著，將它放回書櫃上。他指著我貼著所有樂高說明書的留言板。「我可以畫得比這些更好。他們應該僱我去畫才對。」

「最好是。」我嘆了一口氣，「我希望爸爸會來這裡和我一起過耶誕節。」

「你只是想要他送你那支智慧型手機吧！」維加邊叫邊笑。

我搖搖頭。「我只是想見他。」

就在這時，門鈴又響了。我知道一定是爸爸，立刻跳起來搶在媽媽前面去開門。我不想冒險讓媽媽去開門，免得爸爸探頭進來看到她的女朋友在我們廚房裡做菜，會二話不說轉身就走。

我跑到前門，可是門一拉開，站在那兒的卻是鄰居史蒂夫。

別搞錯，我並不討厭史蒂夫．杰金斯。事實上，我還滿喜歡他的。

他的個子很高，淡棕色的皮膚，和他媽媽住在我們家隔壁。他小時候和我哥杰邁恩幾乎形影不離，媽媽說他們當時就像現在的我和維加一樣。

可是在他們十三歲時，一切都變了。杰邁恩選擇了時常不回家、一天到晚在街上閒逛，而史蒂夫則選擇接受課後輔導，花更長的時間參加藝術課程。

現在杰邁恩死了，而史蒂夫則在拍電影。

嗯，說他在拍電影是有點言過其實，但至少他的工作真的是在幫電影和電視節目錄音。如果我二十歲時可以做那一類的工作也不錯——電影從業人員，聽起來超酷的。

我要到明年夏天才會滿十三歲，我還有時間。

史蒂夫走進我的房間，維加手上正拿著過去這週一直放在杰邁恩床上的一大盒耶誕禮物在搖。我真希望那是杰邁恩送我的禮物。即使我哥哥已經死了，可是最近我忍不住想：如果這一切都是假的呢？

如果說我哥哥是躲在別的地方呢？就像那個應該已經死掉的饒舌歌手圖派克·夏庫爾[1]？也許他和圖派克其實正一起躲在什麼地方逍遙呢！

我一邊微笑，一邊想像那個畫面。

史蒂夫仔細觀察從他上次來過後我新完成的樂高作品。他看得好認真，彷彿打算為它們評分似的。

「你很適合當建築師呢！羅利。」他終於開口，「你總是能百分之百的遵照說明書組裝。」

「這是我的堅持，」我說。「我喜歡它們看起來跟盒子上的照片一模一樣。」

史蒂夫拿起維加剛才差點失手掉落的那輛城市巴士。這次我沒那麼緊張，因為我知道他不會讓它掉在地上。

「他需要做點什麼新的，史蒂夫。」維加說，「他應該組個樂高殭屍，嘴裡咬著別人的眼球和腦袋，腦漿還要不停的往下滴那樣。」

我癟著嘴，拿起其中一架滿是灰塵的樂高飛機。我真希望在史蒂夫來之前，我有先將所有的樂高都擦乾淨。

「凱西米諾說得很對。」史蒂夫看著我。他叫維加的名字，他明明知道維加最討厭人家叫他的名字。

「對個頭啦！凱西米諾根本沒大腦。」我一邊說，一邊觀察維加的臉，等著他的反應。他皺

1 Tupac Shakur，於二十五歲時遭槍擊身亡。

起眉頭，很努力的忍住不笑。

「我指的不是殭屍那種垃圾，羅利，而是你應該做點新的東西。」史蒂夫說。他在維加身邊的床坐下。「大部分的人都沒有豐富的想像力，可是你有。只有極少數的人能想出真正自創的點子。所有的人都日復一日看著同樣的電視節目、照片和網路消息，也只會一直反芻同樣的點子。」

「反芻？」維加問。

「把你吃下的東西再吐出來嚼。」我向他解釋。

「喔，」維加說。「就像殭屍把大腦吐出來那樣。」

史蒂夫繼續說：「如果你只讓自己做其他人也都在做的事，那麼你永遠無法創新。我認為你哥哥就是被這一點限制住了。他看不出除了販毒之外還有什麼選擇，於是他開始在街頭討生活，就像聲名狼藉的洛基和其他人一樣。」

他把手伸進他帶來的塑膠袋裡，拿出兩個包裝好的禮物遞給我和維加。沉甸甸的觸感告訴我裡面一定是書。維加顯然也發現了，他露出失望的表情。

「凱西米諾，我把你的禮物拿來這裡是因為我猜你會和你的好兄弟在一起。」史蒂夫說，

「幫他振作起來。」

「不要再叫我凱西米諾了。」維加說著，撕開禮物的包裝紙。那是一本關於兒童小提琴演奏技巧的平裝書。我知道那是維加真的會讀的書。自從小學四年級他媽媽送他去上音樂課後，他就一直很努力練習。

我得到的是一本關於建築的書。一本名為《建築設計》的超大精裝書，裡頭是著名建築師在世界各地設計的建築物的照片。

感覺有點好笑。因為這不是我會想到或會要求的禮物，但是現在它躺在我的房間裡，而我發現它其實是我一直渴望的東西，只不過我從來不知道自己想要。

3

我想要所有人都回家。

史蒂夫不久前走了，但媽媽的朋友強納森先生一家人過來和我們一起慶祝耶誕節，只不過我並不想和任何人打交道。

「你只拿這麼一點玉米粽嗎？寶貝？」媽媽問我。

「再多拿點我做的乳酪通心粉到你的盤子裡，羅利，」伊凡娜加上一句，「那很有營養。我用了三種乳酪。說不定可以讓你乾癟的小胸膛長出幾根胸毛喔！」她嘻笑的說。

「我不知道我的寶貝胸膛怎麼會這麼小。他爸的胸膛可大著呢！」媽媽說。伊凡娜聽了大笑，媽媽則面無表情。

我不理她們，繼續為其他孩子把食物裝在三個盤子裡。

我聽到強納森先生在起居室裡大喊，「你們這兩個女同性戀不要再騷擾我的朋友華勒斯

（Wallace）了！他只是一個十二歲的小男孩，有著十二歲小男孩該有的胸部！不像你們這兩個掛著大氣球的氣象預報花瓶！」

伊凡娜再度爆出一連串的笑聲。

過去兩個月來，我們的公寓裡幾乎沒有笑聲。聽到她的笑聲，讓我想起杰邁恩還在的日子。我看著媽媽在冰箱裡翻找汽水罐。她平滑的咖啡色臉龐流露出沮喪的神情。我媽算是個相當正常的母親，不過她和其他媽媽又不大一樣。

她最正常的一點是她和其他媽媽一樣都熱愛懸疑小說，而和別人不一樣的是她蒐集貝思水果糖。說得更精確一點，她喜歡的不是糖果，而是買糖果附贈的玩偶給糖器。

我們公寓裡存放了媽媽蒐集的大量貝思玩偶給糖器，她甚至訂製了用來展示的特殊架子和櫥櫃，數量應該超過三百個。我想媽媽打算之後把它們全留給我，但老實說我並不想要。

媽媽在布魯克林城區擔任保全人員。

我猜她之所以能拿到那份工作，純粹是因為她的身材很嚇人。她不高，可是體型碩大。她和伊凡娜都像美式足球紐約巨人隊負責擋人的防守員一樣魁梧，不過她們其實都很心軟。如果有所選擇，她們都會先嘗試以輕鬆的方式解決問題，不得已時才會動武。

「不要逼我親自到那兒去保護我的華勒斯！」我聽到強納森先生又喊。

「閉嘴，強納森！」伊凡娜喊了回去。

強納森先生是個男人，但他對我的態度更像是一個好阿姨。他是媽媽的同事，已經認識媽媽好久好久，從她還和爸爸在一起時就認識了。事實上，我知道爸爸認為媽媽會變成同性戀都是強納森先生的錯。

「你媽還常和她那個娘娘腔朋友混在一起嗎？」每一次我和爸爸碰面，他總是會問我。在我回答「是」之後，他就會說強納森先生嫉妒他和媽媽婚姻幸福，於是便對媽媽洗腦，讓她以為自己喜歡的是女人，其實媽媽才不是同性戀，像這樣一直講、一直講，講個不停。

我甚至不知道那怎麼可能？你真的可以只靠和一個人聊天就把他變成同性戀嗎？

我希望那不是真的，因為我時常和同性戀者聊天。雖然我真心喜歡他們，但是他們的生活必須面對太多麻煩。好多人討厭他們，用難聽的字眼汙辱他們，我相信如果有所選擇，一定沒有任何人會自願走上這條路。當異性戀者容易多了，誰還會選擇當同性戀？

我靠手臂平穩的端起三盤食物，正打算離開廚房時，媽媽塞了一罐綜合果汁汽水在我的左腋下。她突然緊緊擁抱我，嚇得我差點把所有的東西掉在地上。

「把這罐汽水拿給強納森。」媽媽說，「我的櫻桃餡餅就快烤好了。」

「我什麼都不想要。」我說。

「我知道，我知道。」她悶悶不樂的回答。

伊凡娜取笑我。「羅利滿手都是食物，可是什麼都不想吃？」

「至少要嚐嚐我的餡餅，親愛的。我的血糖大概已經破表了。」媽媽對我說。

我點點頭。我拿這些食物只是為了讓她們以為我很餓，我不想再聽媽媽和伊凡娜嘮嘮叨叨的唸我最近吃得太少。

媽媽瞇起眼睛望向烤箱，表情既堅強又哀傷。這是杰邁恩走後的第一個耶誕節。我在想，不知道是不是從此之後的每個耶誕節我們都會過得這麼傷心？

我拿著盤子連忙走出廚房，進入起居室。強納森先生躺在一張單人沙發椅上，凝視我們小耶誕樹上的閃爍燈光。

他已經上了年紀，頭髮有黑有白，全混在一起。他的眼睛像裡頭有亮片似的閃閃發亮。強納森先生取下我夾著的那罐汽水。

「你不要聽她們胡說，華勒斯。」強納森先生開口，「以你的年紀，你的身材非常正常。」

我聳聳肩。

「你還好嗎？」他問。「最近你的情緒很低落。你和你媽媽總是抑鬱的躲在家裡……」

我斜眼看向他。

「抑鬱。」他又說了一遍，「悲傷的意思。」

「喔，好。」

強納森先生搖搖他花白的頭。他也想念杰邁恩。「你告訴瑪卡和戴瑞斯不要把食物弄得到處都是！」

「你們爸爸說不要吃得到處都是。」我告訴坐在我房間地毯上的兩個孩子。我把其中一盤先遞給瑪卡，再把另一盤給她弟弟戴瑞斯，最後才將盤子遞給仍然躺在杰邁恩床上的維加。

我的房間變得好擠。

我聽到起居室傳來的音樂。

媽媽最近又開始放她以前喜歡聽的加勒比海音樂。哈利・貝拉方提唱著《瑪利亞的嬰孩》的歌聲從起居室飄過來。我關上臥室的門。

我再也不想過耶誕節了。

「玉米粽！」維加說，對著他的盤子微笑。他注意到我沒幫自己拿食物。「你的呢？」

「我不餓。」我說，「反正我也在等我媽的櫻桃餡餅。」

維加在床上坐起來，低頭看著瑪卡。「喂，你知道嗎？他媽媽做的玉米粽超好吃的。」

「沒有以前杰邁恩做的好吃。」我說。

媽媽做的玉米粽還可以，我不知道為什麼維加要說得那麼誇張。杰邁恩做的之所以那麼棒，是因為他是向外婆學的。那是在外婆和媽媽斷絕往來之前，在她還肯幫忙照顧小杰邁恩的時候。

「玉米粽。」瑪卡開口，一臉沮喪的表情。她聞了聞維加的盤子，微微皺眉的說：「抱歉，我不吃豬肉。」

我從來不曾看過瑪卡真正開心的樣子。

強納森先生從育幼院收養了她和她弟弟——他們倆是親姊弟。媽媽說強納森先生想要讓他們一起長大，和他們成為一家人。

「她對豬肉過敏。」她弟弟戴瑞斯說。

怎麼可能有人會對豬肉過敏？

戴瑞斯塞了一大匙伊凡娜做的乳酪通心粉進嘴巴，眼睛沒離開過我的電視。新聞節目的氣象播報員一臉正經的撒謊，騙我們耶誕老人今天晚上就要來了。

「你房裡有蟑螂。」戴瑞斯一邊說，一邊指著我的衣櫃，「我看到一隻爬進去。」

「誰的房裡沒有幾隻蟲子，笨蛋。」維加對他說，「喂，羅利！你什麼時候才要打開這個耶誕禮物？我想看看裡頭是什麼。」

「誰給你這麼大的禮物啊？」戴瑞斯問，將視線移向那盒禮物。

「一個惡名昭彰的幫派分子！」維加大喊。瑪卡先看看維加，再看看我，可是什麼都沒說。

「一個叫洛基的傢伙給我的，」我告訴她，「不過我想那應該是我哥買的。他以前常和洛基混在一起。」

「被槍殺的那個哥哥嗎？」她問。

「他也就只有那麼一個哥哥好嗎？笨蛋。」維加罵她，「喂，羅利，我敢打賭洛基一定給了你一大盒毒品。」他搖了搖那盒禮物，「或者一把手槍。」

戴瑞斯一聽，整個人立刻轉過來盯著那個禮物。乳酪通心粉從他的嘴巴滴下來。「那裡面是槍？」他問。因為他嘴裡塞滿食物，聽起來好像快噎住了。

「維加，我告訴過你，我認為那是杰邁恩買的，」我說，「而他是絕對不會給我槍的。」

維加拿著禮物跑過房間，用它打我的頭，打得我骨頭差點散掉。「證明給我看！」他喊道。

我很想往他臉上揍一拳。

我對耶誕大餐、耶誕音樂、耶誕氣氛……所有的一切都反感得不得了，但是這個耶誕禮物卻慢慢的讓我越來越在意。

自從一個星期前洛基把它送來給我後，我一直很好奇裡頭是什麼。那天我打完球回家，聽到有人喊我的名字。

「嘿，羅利！」有個聲音大喊，「羅利．瑞奇波爾！過來，小伙子！」

原來是我哥哥以前的朋友洛基。

他坐在一輛鮮黃色超大休旅車的副駕駛座上，車子就停在聖尼可拉斯社會住宅前的馬路旁，由他一名手下當司機。後座一隻黑白相間的巨犬瞪著我，彷彿想要弄清楚我是誰或我是什麼東西。

「你跑哪兒去了，小伙子？」洛基開口，「我和我的兄弟CJ從三點就在這裡等你了。」

「你應該到球場來找我的，洛基，」我說，「我去打籃球了。那是你的狗嗎？牠是比特犬，對不對？」

「牠是CJ的狗，」他回答，「牠叫丹索。你可以拍拍牠，牠很友善的。」

我把手從打開的後車窗伸進去，摸摸丹索的頭。牠閉上雙眼，耳朵往後收。

洛基繼續說：「你們社區的『水泥』說你出去了。來！這給你。」他從休旅車的車窗遞出一個用紅白包裝紙和枴杖糖緞帶包好的禮物。我看著它，卻沒伸手去接。「我不想請你媽媽轉交，你知道她會有什麼反應。」

我點點頭。

「拿去吧！小朋友。邁恩想要你擁有這個。」

我這才接過禮物，雙手拿著它轉來轉去。

「你還好嗎？」洛基問，「你知道如果你需要什麼東西，永遠都可以來找我，好嗎？如果有人煩你……」他在一張舊收據背面寫下他的手機號碼遞給我。我很確定要是媽媽知道這件事，一定會暴跳如雷。

他坐在駕駛座的朋友開口說話，但眼睛還是盯著手機不放。「我們得走了，洛基。」他說，「狄麥利安還在布朗克斯等我們一起開趴呢！」

洛基沒理他，繼續對我說：「我和杰邁恩就像兄弟一樣，所以這代表你也成了我的兄弟，懂嗎？」

我點點頭。他露齒一笑。

「我之前從來沒有這麼小的弟弟。」洛基說。

「喲，洛基——」他朋友又開始了。

「安靜點，科瑞！」洛基凶他，「你沒看到我還在扮演耶誕老人嗎？」

「華勒斯！」有人大喊。我一聽到那個聲音，立刻嚇得一動也不敢動。我轉頭往後看，發現媽媽在人行道上踩著重重的腳步向我和洛基走過來。

她滿臉怒容，站在休旅車旁瞪著洛基、那隻狗，還有我和我手上綁著拐杖糖緞帶的禮物。

媽媽雙手插腰開罵了。

「我就知道送禮物來給我兒子的不是什麼善心人士。」

「哈囉，瑞奇波爾太太——」洛基回應。

「你不要再到這裡來和我兒子搭訕。我會打電話叫警察，你聽懂了嗎？羅利，上樓去！」

我開始移動，但她一把搶過我手上的禮物。在我往我們大樓走的時候，還能聽到她和洛基吵架的聲音。

「你還在為邁恩的事怪我。」他對她說。

「我兒子就是被你帶壞的！」她尖叫，「都是你和那家理髮店！杰邁恩之前不是那個樣子的。他以前很乖！」

他們兩個像那樣吵了快十分鐘。洛基只是不停的重複即使媽媽恨他，但是我哥哥杰邁恩想要我得到那個禮物——這是媽媽留下它的唯一理由，也是為什麼我現在還能拆開它的原因。

我最希望、最想要的是在鮮豔的包裝紙下有一封杰邁恩寫給我的信，或者什麼他留下的祕密紙條也可以。一張偷偷告訴我他還活著的紙條。告訴我因為某些理由，他必須裝死、隱瞞身分活下去。

在我的臥室裡，維加、瑪卡和戴瑞斯圍著我，我撕開紅白相間的包裝紙，心臟撲通撲通的狂跳。

裡頭是一臺全新的電子遊戲主機。最新型的。我在網路上看過一臺要四百多美元。

維加吹了聲長長的口哨。

我到處翻找可能留給我的信或紙條，但是裡頭什麼都沒有。這個遊戲主機感覺像是給另一個孩子的禮物。

我甚至不怎麼喜歡打電動玩具。

洛基說杰邁恩想要我擁有這個電子遊戲主機，那到底是什麼意思呢？

維加的媽媽在這時叫他回樓上去，他們得為明天飛往多明尼加做好準備。他不情願的走了，因為他不但不能先玩一下我的新電動玩具，還必須等到兩個星期後才有機會。

那晚剩下的時間，我、瑪卡和戴瑞斯輪流玩著隨機附贈的遊戲。他們回家之後，我試著再玩一會兒，卻發現我對電動玩具還真是沒什麼興趣。

於是我去拿了些櫻桃餡餅，打開鄰居史蒂夫送我的那一大本講建築的書。我一頁又一頁的翻看著《建築設計》。

就在午夜過後，我抓狂了。或者應該說，我心裡有一股非發洩不可的怒氣。

我從書櫃拿下十組樂高組合，丟在地上，將它們拆開，把所有的積木堆在一起。我轉過去看著其他整齊排列在架上的樂高組合，決定把那些也都拆了。

我像個瘋子似的一把將它們掃落地面。

不知道是因為我血液中充滿了櫻桃餡餅裡的糖分，還是因為杰邁恩的事所累積的壓力，又或者只是因為時間太晚而我卻還沒上床睡覺的關係。

我的心裡有股力量推著我。

我不知道那是什麼，但是它讓我想拆掉所有組好的樂高，再做出其他的東西。

完全不同的東西。

4

隔天早上接近中午時，我坐在沙發上設定我剛得到的新手機。

在它開通後，我和媽媽坐在廚房餐桌旁吃牛奶加玉米片和乳酪丹麥酥皮捲。媽媽最喜歡在耶誕節早晨吃乳酪丹麥酥皮捲，她總是特地到富威超市去買，因為她說那裡的丹麥酥皮捲最新鮮。

「再次謝謝你送我新手機，媽媽。」我對她說。

「不客氣，小寶貝。」她說。突然間，她一臉嚴肅的看著我。「拿這支手機外出的時候要特別小心，華勒斯。注意你的四周。千萬別在馬路上拿出來用，讓整個社區的人都看見。」

我點點頭，開始下載應用程式。

「還有出去不要到處炫耀你得到一臺全新的電子遊戲主機。我們最不需要的就是有人闖空門進來偷它，順便拿走我整套的貝思收藏品。」

我點點頭。雖然我不認為會有任何人想要媽媽的貝思玩偶給糖器，但並沒有說出口。我利用哈林區免費的無線網路下載程式，速度非常非常慢。我猜就是因為這麼慢，所以才不用錢。

「我不應該讓你留著那個遊戲主機的。」媽媽一邊說，一邊把半塊丹麥酥皮捲塞進嘴裡。

我又點點頭，低頭檢查手機的下載狀況。

媽媽繼續說：「我不知道為什麼我……我只是不……」她的頭垂向餐桌，越垂越低。突然間，她又開始啜泣。

我記得上一次爸爸來家裡時，連他都哭得像個小孩，完全停不下來。我站到媽媽身後，忍住眼淚，從背後抱著她，把下巴靠在她的頭頂上。

她的頭皮聞起來很舒服，就像她以前用來護髮的橄欖油的味道。

我站在那裡抱著她好幾分鐘，聽著她號啕大哭。然後，我問她，「你覺得爸爸今天會過來嗎？」

媽媽坐直身體，握住我的手。她用另一隻手抹去眼淚，開始倒玉米片。

「你覺得他會來和我一起過耶誕節嗎？」我接著問。

「嗯，」她嘆了一口氣，「你爸的個性你和我一樣清楚。他總是一意孤行，不受其他人影響。如果他願意常常過來，也許今天杰邁恩的遭遇就會不一樣了。」

「爸爸有時還是會過來的。」

她哼了一聲，用力握緊我的手。

「我也沒走偏啊！」我說，「你是世界上最好的媽媽。爸爸也是。」

我的話讓她大笑了起來，她親一下我的手背，放開我的手。「我只是擔心。」媽媽說。

我的手機螢幕亮了一下，「嗶！」了一聲。維加又傳來另一則訊息，告訴我他的耶誕禮物是一雙新靴子。幾分鐘前，他才傳來第一則訊息：「歡迎來到二十一世紀，你這個遜咖！」

現在又有一則訊息說他和他的家人正要動身去機場。他們全都還在樓上，一如往常的又要來不及了，他爸爸開始對著他媽媽吼叫，把一切都怪罪在她身上。

他的小妹愛麗斯開始哭了起來。

我搖搖頭，很訝異他們這樣又叫又鬧的，我就在他們的正下方居然沒聽到。就在此時，門鈴響了。

媽媽對著我微笑。「不去開門嗎？說不定是耶誕老人來了。他可能昨晚忘了東西。」

「不可能！耶誕老人不會到社會住宅來的。」我說，「即使這個社會住宅就叫聖尼可拉斯也一樣。」

不過爸爸可能會來。我突然間想到，於是趕快跑去打開大門。

是伊凡娜。

她拿著兩個黑色的大垃圾袋。

我猜我立刻表現出垂頭喪氣的樣子，因為伊凡娜看了我一眼之後說：「嗯，也祝你他媽的耶誕快樂！」

我癟著嘴站到一旁讓她進來。她彎腰垂肩的穿過大門，將兩個沉甸甸的大垃圾袋拖在背後，在地板上留下兩條溼溼的印痕。我不禁皺起眉頭。

伊凡娜是媽媽交往多年的女朋友。她在紐約市洛克斐勒中心裡的塔特爾玩具帝國當清潔人員，負責打掃商場和清理垃圾。

和強納森先生一樣，她就像是我的阿姨。她把頭髮染成金色，剪成莫霍克[1]髮型，而且總是喜歡請我和媽媽，有時甚至還有維加，一起去美式連鎖餐廳Applebee's吃晚餐。

「呃，」我開口，「為什麼你要把垃圾拿來這裡？」

我注意到她喘得上氣不接下氣的。我猜是因為她拖著這兩個大塑膠袋一路爬上七樓的關係。

媽媽從廚房跑出來，在我和伊凡娜前面停下。她的嘴巴張得大大的，瞪著我們兩個，彷彿期待會有人從帽子裡抓出小白兔似的。

伊凡娜對我說：「羅利，我不確定你值得我一路拖著這些東西穿過雪地、爬上七層樓，但我把你當親生兒子一樣疼愛，所以……」她對著媽媽大笑，然後抓起垃圾袋一角，將裡頭的東西全倒在我們家起居室的地板上。

我下意識的往後跳，不想讓垃圾弄髒我腳上的新室內拖鞋。然後我注意到事情不大對，倒出來的根本不是垃圾。

「耶誕快樂，羅利！」伊凡娜大喊。

全部都是樂高積木！

好幾百萬個樂高積木。

「另外那一袋也是。」伊凡娜指著第二個大垃圾袋高喊。

我目瞪口呆，驚訝到一個字都說不出來。我雙膝跪地，將雙手插入地板上有如一座小山的

---

1 Mohawk，原是印第安人的一支，現指將兩側頭髮剃光，只留一條從腦門穿過頭頂直到後頸的豎起短髮。

樂高積木裡。這比我昨晚拆開全部樂高作品後堆在臥室裡的那座小山更大。

這些積木可以用在我昨晚已經開始的祕密計畫裡，說不定真能做出什麼了不起的東西。我可以做非常多……

媽媽對我微笑。「你怎麼想，羅利？」

「這些全是從我上班的地方拿來的。」伊凡娜開口，「他們要把這些當廢料回收，可是我想：『等一下！我知道有人可以用得上這些！』」她彎腰大笑。

我再次將雙手插入那座小山，一次又一次的享受滿滿的塑膠積木從手上滑落的快感。好多好多。當它們掉落、碰撞時，會發出一種像錢幣的聲音，像許多兩角五分的硬幣互撞的叮噹聲。

「你怎麼想，羅利？」媽媽又問了一次。

問題是，我根本沒辦法想。

天啊！我的腦袋開心到當機了。

5

我和維加小心走下我們念的中學前門已經結冰的臺階。寒假過得真快，簡直不敢相信我又得回來上課了。回想起來，才放兩個星期未免太短了。

正月的午後冷得要命。維加穿著一件閃亮黑色連帽大衣，那是他住在多明尼加的祖母送他的三聖節[1]禮物。

維加告訴過我，三聖節在多明尼加是個比耶誕節更重要的大節日。或者至少一樣大。多明尼加的小孩在三聖節前夕，會在上床之前把一小盒草放在床底下。這些草是要給那三位智者騎的駱駝吃的。隔天早上孩子們醒來，就會看到床尾堆著許多禮物。

1 Three Kings Day，每年的一月六日。典故源自於《聖經》，三位智者在星星的指引之下，騎著駱駝前往伯利恆，於一月六日抵達耶穌出生的馬廄，獻上祝福與禮物。

所以說，幸運的多明尼加小孩一年可以過兩次耶誕節。我記得剛聽到時覺得很不公平，於是跑去問媽媽，千里達島是不是也慶祝三聖節。

雖然媽媽都說自己是千里達島的人，但事實上她從來沒去過加勒比海的千里達及托巴哥共和國。我的外公、外婆是在那裡出生的，可是自從外婆發現她女兒開始和女人談戀愛後，她就和媽媽斷絕往來了。

「阿里先生想和你談一談。」維加說，「我上學時遇到他。你闖了什麼禍嗎？」

我猜我知道阿里先生要和我談什麼，可是我一點都不想和他談。阿里有時候挺嚇人的。

「你的小提琴拉得怎麼樣了，維加？」我問，不想回答關於阿里先生的問題。

所有的學生都擠在學校前門附近聊天，把人行道都塞住了，我和維加只得從中間橫越馬路。

「D太太說我還跟得上。」維加回答。

他從九歲開始學小提琴，拉得其實不算太糟。我不認為有任何人期待他有一天可以變成交響樂團的小提琴手，但聽他拉琴倒也不會讓你耳朵流血就是了。

「小心！」維加在馬路上大喊，一把將我拉住。

那個叫蒂莎的女孩叫得像被人砍了似的，從我們後面往前衝。她突然停住，伸手抓著維加新大衣的袖子免得跌倒。維加用力一扯，把袖子從她手中拉回來。

另一個叫佛瑞迪的男孩追著蒂莎跑過來。他從背後熊抱她，兩人一起倒在馬路上大笑。

我和維加從他們身上跨過去。

我超想踢他們一腳的。我最近對人不怎麼友善。

「真不敢相信她竟敢來扯我的新大衣。」維加一邊說，一邊檢查袖子，「我本來打算只在我們家附近穿，或者有什麼重要場合才穿。不過再想一想，那麼做似乎太蠢了。」

「對，那麼做太蠢了。你怎麼可能只在自己的公寓裡穿連帽大衣？」

「閉嘴。」

我們開始往西一百二十七街的課後輔導中心的方向走。

往阿里先生所在的方向走。

阿里先生最好笑的地方就是他的臉。他有一張很怪的臉。

他的半邊臉有點不平衡。左邊的臉很正常，右邊就像有人拿榔頭敲碎他的頭骨再拼回去那樣，而且沒有拼得很完整。

我和維加安安靜靜的走著，直到他又追問起關於我的城堡的事。除了我媽和伊凡娜，我只告訴過維加，不過我還沒讓他來家裡看過。

「羅利，為什麼你不肯讓我看你的祕密計畫？」他問。

我聳聳肩。

「它一定很醜，所以你覺得很尷尬。」他說。

我沒回答，因為我知道維加這麼說只是想刺激我，好讓我秀給他看。自從耶誕節伊凡娜給了我那堆樂高之後，我就不停的在組裝。

我先是在自己的臥室裡做，後來放不下了，只好將組好的成品移到起居室，然後越做越大。當我的城堡還放在臥室時，媽媽很喜歡它。不過在我把它移到起居室後，她開始抱怨了。隨著它越來越占地方，媽媽也開始越來越不耐煩。還好自從杰邁恩死後，她對我的管教比以前鬆很多，有些她從前不會容忍的事，現在都會放過我。有好幾次，我只需要裝出一副很傷心的表情，她就會軟化了。

我和維加穿過第一百二十五街。

「有人跟在我們後面。」維加說著，同時歪頭點了一下示意。我順著他的毛線帽所指的方向看過去，發現是耶誕前夕跟蹤我的那兩個青少年。

「他們是東一百二十七街的。」維加說，「他們一直在對我表哥施壓，要他加入他們。」

「那樣你和你表哥就會變成敵人了。」

維加抬手用手套擦了擦鼻子後說：「我們趕快走。」於是在那兩個青少年追上來之前，我們拔腿往課輔中心狂奔。

「我要打扁你的醜臉，尿布小子。」桑希妮對著維加輕聲說。

「爛稀泥！」維加反擊。她豎起眉毛，瞪著他。

這兩個人每天下午在課輔中心就是這副德行。桑希妮取笑維加亂成一團、打結分岔的頭髮，維加則毫不留情的笑她比一般人更黑的膚色，而我很不幸的得和這兩個人坐在一起。

我們的課輔中心是專門為聖尼可拉斯社會住宅的居民和住在附近的人開設的。雖然它就設在社區中心，但偏偏是整個社區離我家大樓最遠的地方，只要再跨過一條街，就出了聖尼可拉斯社會住宅的範圍。

這裡的主要功能是強迫我們寫功課，還有幫助我們讀書。不過有時他們也會帶我們做些有趣的活動，像是校外郊遊，或者自己動手做——我們做過風車，也照著不同的食譜煮過不少東西。

我來聖尼可拉斯課輔中心好幾年了。我和維加大概就是因為這裡才會變成好朋友。

不久前珍娜小姐才示範過怎麼用橄欖油、大蒜和鷹嘴豆罐頭來製作鷹嘴豆泥醬。在課輔中心，大部分的時間我們都在念書和學習，不過有時候他們也會在課堂上教一些養生保健的常識。

我並不覺得嘴裡的鷹嘴豆泥醬吃起來特別健康，除了精神不大正常的戴瑞爾．巴克尼之外，所有的孩子顯然也都這麼認為。可憐的戴瑞爾不但很胖，還有鬍子，而且必須吃藥才能控制情緒。

珍娜小姐認為她做的鷹嘴豆泥醬很好吃。她是我們課輔中心的主要負責人。對一個從俄亥俄州來的白人而言，她的屁股簡直大到不可思議。

珍娜小姐每天搭地鐵A線再沿著弗雷德里克．道格拉斯大道走過來時，總會因為她的大屁股而吸引許多白痴對她尖叫、吹口哨，不停的對她性騷擾。

她覺得很噁心，她說。

「維加，你聞起來和地鐵一樣臭。」桑妮輕聲說。

「不是所有的地鐵都是臭的，哺乳動物。」他也輕聲回嘴。

「對，不過我們全都是哺乳動物，呆子。」她說。

桑希妮．狄克遜．耐特，暱稱桑妮，其實長得並不難看，只是她的態度讓她變醜了。以女孩子來說，她的個子算滿高的，而且總是綁著一頭又細又長的辮子。她的皮膚非常黑，但很光滑，看起來像是由午夜雕刻而成的塑像。

維加裝出要揍她的樣子。桑妮瞪著他，下巴抬得高高的。

「尿布小子！」她小聲的對他說。

維加的頭髮就像一堆又粗又黑的電線，感覺很像他的身體長了太多頭髮，他的頭不知道該拿它們怎麼辦。我認為他每天晚上睡覺時，頭髮至少會長一吋以上。

「你最好不要碰我，維加。」桑妮警告他，「如果你打我，羅利會扭斷你的脖子。」她對著我微笑。

「各位同學，我必須離開幾分鐘，」珍娜小姐說，「現在把功課拿出來寫。我就在走廊的那端。」離開之前，她特地轉過來嚴厲的瞪了我們一眼，彷彿在警告我們，如果膽敢趁她不在時輕舉妄動，等她回來我們就慘了。我們都明白她的意思。

嗯，或者我該說，大部分的人明白了。

一開始大家都認真念書，過了平靜的兩分鐘後，戴瑞爾．巴克尼說：「噁！這裡的味道怎麼這麼像睪丸？」引得我們哄堂大笑。

「我告訴你，你臭死了。」桑妮對維加說。

然後奎特莎．查爾斯說：「有人放屁！」

奎特莎真討厭，為什麼要說這種話？

戴瑞爾立刻離開座位，開始聞每個人的屁股，想找出放屁的是誰。

「嘿！嘿！」維加對著他尖叫，「不要來騷擾我的屁屁！」

每個人又笑了。當戴瑞爾走到我的座位，站在我身後要聞我的屁股時，我站起來把手上的鉛筆丟向他。

不用說，珍娜小姐非得選在我擲出鉛筆的那一刻走回教室。

「珍娜小姐！他想要偷聞我的屁屁！」我大叫。

珍娜小姐瞪著戴瑞爾，開口問他，「我是不是應該建議他們把你的藥改回去，年輕人？」戴瑞爾聽到後露出很羞愧的表情。我不禁感到有點抱歉。

總而言之，她讓他很沒面子，但我還是因為丟擲鉛筆而挨了罵。戴瑞爾B在我被罵時，發出他一貫的、類似野生土狼的怪異笑聲。

「羅利，阿里先生要你去他的辦公室找他。」珍娜小姐說。

我的胃瑟縮了一下。教室裡所有人都對我投以同情的眼光，只有戴瑞爾B哈哈大笑。

「不要這樣。」珍娜小姐對他說，接著她轉向我，「阿里先生想要……」她沒把話說完。

「嗯，反正你去找他就是了，親愛的。」

6

「我聽說你進化成自動推進器了。」他說。

「什麼？」我問。

「你向我的學員拋擲鉛筆，瑞奇波爾先生。」阿里先生繼續說，「至少小瓢蟲是這麼說的。」

小瓢蟲是阿里先生幫珍娜小姐取的綽號。

我嘆了一口氣。「聽我說，事情根本不是這樣，老兄——」

「年輕人，你稱呼我什麼？」

「我的意思是，先生，呃，主任。戴瑞爾B在這裡也不是一天兩天的事了，都是他惹出來的，和我一點關係也沒有。」

阿里先生將背靠回他的旋轉皮椅上，滿頭棕髮的腦袋往身後的牆撞了一下。他顯然時常那麼做，他的頭剛撞上的白色牆面已經被弄髒了一大塊。

「他自己放屁還想賴在別人身上。」我告訴阿里。他瞪著我。我望向高掛在牆面、就在他座位上方的牌匾，上頭刻著「阿金爾・阿里，LSW」。我知道「LSW」代表的是領有證照的社工人員。

雖然他是課輔中心的主任，或者說是老大，但是他的辦公室並不大。我不喜歡這裡擁擠的感覺。

阿里先生人還算不錯，不過我有時候會覺得他很煩，他總是什麼都要管，到處找碴。

「我找你來並不只想和你談這個。」他說，「我注意到你變了。小瓢蟲也說過去兩個月來，你在班上表現得很消沉、很抑鬱。」

「珍娜小姐說什麼？」

阿里點點頭。「抑鬱就是——」

「悲傷的意思。」我說。

「對，」阿里說，「悲傷。聽著，羅利，我明白杰邁恩的事才發生不久。就在去年秋天……」

我放空，對他說的話充耳不聞。

我在腦子裡看見了杰邁恩的床，彷彿他就躺在白色的棉被下。只不過我看到的畫面全是樂高組成的。我可以看到他的手從床單下伸出來——一隻棕色的手，因為是樂高做的，所以凹凸不平。

我搖搖頭，將自己從白日夢中喚醒。

阿里先生剛好說完一長串我根本沒有聽進去的話。

他看著我，似乎在等待我有所回應。

「每次我回到家，」我沒頭沒腦的脫口而出，「看到他的床放在角落，都以為會看到他就躺在上面，背對著我，然後口齒不清的叫我關上房門，別讓媽媽進來。」

我低下頭。

「也許到了該把他的床搬出去的時候了。」阿里說。

「我不想搬走他的床。」我瞪著他說，「媽媽也不想！那是杰邁恩的床啊！」

「杰邁恩的床？」

我突然覺得自己好蠢。

他傾身看我。「華勒斯，杰邁恩再也不需要那張床了。他已經死了——」

聽到這句話讓我非常受不了，我朝阿里的橄欖綠辦公桌金屬下緣踢了一腳，非常用力，我相信我一定將它踢凹了。桌子被我踢得搖晃了起來，好幾個檔案夾掉到地板上。阿里嘆了一口氣，彎腰把它們撿起來。

有好一陣子，辦公室裡陷入沉默。

「對不起。」我終於說。

他聳聳肩。「我們下星期再繼續聊吧！」

我站起來，拿起放在地上的背包。

「他再也不會回來了，羅利，」在我離開前，阿里先生開口說，他的聲音非常低沉。「你必須接受這個事實。也許這麼說很無情、很冷血，但是你再也見不到杰邁恩了。至少，這輩子是不可能了。」

✦

媽媽決定要去滑冰。我發誓她選的這天肯定剛好是一月裡最冷的一天。

我的心情不大好，因為最近我和媽媽老是為了我的樂高城堡吵架。她一直抱怨它占了太多空間。

現在我只想回家繼續組我的樂高，而不是在又溼又冷的大雪中拖著沉重的腳步穿越中央公園。

我瞄準成千上萬棵樹中的一棵，抬起腳踢出一顆結冰的雪球。這個公園裡有一大堆樹、小溪、山丘、橋和步道，多到它都不知道該怎麼辦才好。

我不討厭中央公園，可是組裝樂高城堡能安撫我的情緒。我真的不想再到阿里先生的辦公室和他談話。我不喜歡去想那些他強迫我去想的事，那只會讓我更加心煩意亂。

而且會讓我想起當初我是如何讓杰邁恩失望。

我看著走在前面手牽著手的媽媽和伊凡娜。媽媽腳踩工作靴、身穿又蓬又大的羽絨衣。伊凡娜的毛線帽下豎起形狀明顯的莫霍克短髮。

我真希望她們倆和阿里先生都不要再出現在我的生命裡。

媽媽拿出優待券，我們一個人只付了五美元就進到沃爾曼溜冰場。

一開始我以為我會不想玩，不過我以前其實還滿常溜冰的，也許來這裡不是個太糟的點子。它勾起我小時候一家人常在耶誕新年假期來這裡玩的回憶。

我走出溜冰場休息，拿著從小吃部買來的熱狗，靠在欄杆上看著在溜冰場繞行的媽媽和伊凡娜。媽媽滑得很穩，但伊凡娜就跌得很慘了。

她從來沒有溜過冰。

如果沒有抓著媽媽或欄杆，伊凡娜一定摔個四腳朝天。事實上，她也跌了好幾次。媽媽耐心的教伊凡娜滑冰的技巧，但伊凡娜一下子失去平衡，順手拉住媽媽，兩個人一起跌坐在冰上。

她們就坐在那裡大笑，努力想再站起來。

我試著微笑，可是笑不出來。

即使她們在溜冰場上試著互相扶持站起來的畫面相當滑稽，但我就是笑不出來。

聖尼可拉斯課輔中心有時也會帶我們到沃爾曼溜冰場校外教學。每回都被當成一件大事，每次都至少有十來個孩子因為太過興奮不守規矩而挨老師的罵。

戴瑞爾．巴克尼總是其中之一。

我們班除了戴瑞爾．巴克尼，還有一個孩子叫戴睿爾．雷諾斯，雖然他們名字的拼法不同，但是發音卻一模一樣。

珍娜小姐剛來時常常搞錯。她甚至試著告訴戴瑞爾，根據他名字的拼法，它的發音應該和戴睿爾不同。戴瑞爾的媽媽對於小瓢蟲想說服戴瑞爾他的名字不該那麼唸的舉動很不滿，生氣的跑到課輔中心當著全班的面咒罵珍娜小姐。

從此之後，我們全都以他媽媽想要的發音來叫戴瑞爾。珍娜小姐則開始叫他們戴瑞爾B和戴睿爾R以方便區分。

課輔中心其實還不壞，只是我不想要阿里先生老是找我去他的辦公室跟我談我哥哥的事。這讓我覺得他似乎一心一意想令我更難過。

但是就在我們第一次談話之後一個星期，我又再次坐在他的辦公室裡，瞪著他的醜臉。我試著將目光固定在別的地方以轉移自己的注意力。我嘆了一口氣，望著牆上另一個牌匾，默唸上頭的刻字。

「那是紐約市立學院頒給我的，」阿里指著我正在看的那個牌匾，「我在那裡拿到心理治療碩士。很久以前的事了。」他大笑，可是我不覺得有哪裡好笑。「我的專長是青少年心理輔導。」

我瞇起眼睛看他，開始懷疑是否不該像以前那麼信任他。

「上回你在這裡時有點太過激動了。」阿里說。

「沒有吧？」我回答。

「哦，是嗎？」他指著舊桌子的金屬下緣，「那個凹洞可是擦不掉的，兄弟。破壞我的辦公桌……」

我轉頭不看他。阿里先生露出歪歪斜斜的笑容。

「你發了很大的脾氣，先生。」他打開抽屜，拿出口香糖示意我拿一片。我拒絕了。「我以前也會那樣發脾氣。你得學會怎麼控制你的怒氣，否則怒氣就會反過來控制你。」阿里指著自己的臉，露出更大的笑容。他抽出一片口香糖送進嘴裡。

我看著他嚼口香糖。「你是指你的臉嗎？」我問。

「亞伯氏症[1]，」阿里先生回答，「先天的。在我年輕時，和你現在的年紀差不多大，我總是怒氣沖天，對我爸爸尤其如此。」

我點點頭，雖然我聽不懂他在說什麼。

「你為什麼這麼憤怒？」阿里先生問，「我了解你有多想念杰邁恩，可是你在生他的氣嗎？」

「不！」我喊出聲，「老兄……」

聽到他那麼說，我氣得全身血液都在沸騰，但這一次我試著控制自己，把怒氣塞回心裡。

然後我強迫自己微笑。

「我很愛我哥哥。」我告訴他。

阿里露出懷疑的表情。

「杰邁恩是這個世界上唯一和我不用語言就能溝通的人。」我說，「有時候，我和杰邁恩走在街上，看到什麼不正常的人或好笑的事，甚至用不著開口，只要一個眼神，他就明白我在想什麼。」

回憶起這些讓我更加沮喪。我真討厭來這裡。

阿里將背靠回旋轉皮椅上，腦袋又撞上他身後的牆。他瞪著天花板，閉上雙眼。

「你必須好好處理這些情緒，瑞奇波爾先生。」他說，「如果我們不正視內心的傷痛——如果不至少試著去解開它，你知道的——它之後還是會回來咬你一口，以不同的、異常的方式反咬你一口。」他皺起眉頭。「這個口香糖放太久，都走味了。」

他把口香糖吐進金屬垃圾桶裡，發出「噹！」一聲。

「異常，」他又接著說，「不良行為，不好的事，老兄。所以你不打算告訴我，你在對誰生氣？或者你在氣什麼嗎？」

我想著我對杰邁恩做的事。我沒告訴過任何人，在他死前那段日子我們到底在吵什麼。光是想，我的胃就已經很不舒服了。

而且，是的——這種感覺真的很糟。

---

1 Apert syndrome，一種影響骨頭正常發育的罕見疾病。

7

莫尼克羅堡很快就吞噬了起居室大部分的空間。那是我為我的樂高城堡取的名字。現在我無時無刻都在擔心媽媽會瞬間爆炸，命令我將它拆掉。

她最好不要，畢竟這是我做過最棒的作品。

組裝它的過程帶給我的撫慰，遠比和阿里先生談話多得多。

莫尼克羅堡由不同顏色的積木組成，各種顏色層層相疊，打造出彷彿是由彩虹堆砌的牆。我順著城牆蓋了許多圓形炮塔，再由城堡的三方延伸出小小的拱橋。

我開始在城堡正中央的位置建造一個能將國王寶座遮蓋住的巨大圓頂。在組裝的同時，我構思著故事情節。

我決定住在城堡裡的是外星人火焰王和神祕皇后，還有他們的兒子恆星王子。

莫尼克羅堡是莫尼克羅家族代代相傳的皇宮，歷史已超過數千年。每當新王登基時，他們就會在城堡內增建新廂房，這就是為什麼我要把它蓋得那麼大的原因。

然而在過去的幾千年裡，一直有個嚴重的問題，沒有任何莫尼克羅的國王或皇后可以解決……

我應該找個本子把這些都寫下來。

就在這時，我聽到前門傳來鑰匙撞擊的叮噹聲——是媽媽下班回來了。她一邊脫外套，一邊看著我。我知道她又要開始唸了。我全身僵硬的挺直肩膀，動手改建其中一座塔樓。

她凝視我的脖子後方。

「你知道我昨晚被你的小建築物絆倒了嗎？」她對著我的後腦勺說。

「我知道。」我回答，「我花了一個小時才把你弄壞的部分修好。」

我聽到她「嘖！」了一聲。我從沒見過可以比我媽「嘖」得更大聲的人。我沒回頭，繼續改建塔樓。

「寶貝，」她說，「你的小建築物——」

「莫尼克羅堡，媽媽。」

「好，」她說，「摸—你—克羅堡必須拆掉。它占滿了我們的起居室，而我不想再被它絆倒了。你懂嗎？」

我一句話都沒說。她嘆了一口氣，拖著沉重腳步走回她的房間。

「拆掉它，華勒斯！」我聽到她大喊，「否則我會親自動手！」

她用力甩上房門。

✦

「爸爸！」我尖叫。爸爸都還沒來得及跨過門檻，我就衝上前擁抱他。

他大笑。「我的小戰士好嗎？」爸爸問我。

「很好。」我說。

「來，拿去。」他說，將一個包裝紙上印滿小雪花的禮物扔給我。

「遲來的耶誕節？」我笑著問他。

「遲來的耶誕節！」他回答。

遲來的耶誕節是一個只有我們父子才慶祝的特殊節日。每一年的日期都不一樣，取決於他何時有空過來送禮物給我。

我很失望今年只有一個禮物。通常那個老傢伙會帶許多禮物給我，而且至少也會準備一個給媽媽。

他還站在門口，我就迫不及待的撕開包裝紙。是平板電腦和無線滑鼠。我很喜歡，我猜我應該表現得更興奮，可是並沒有。

「呃，華勒斯先生，長官，我們可以進來了嗎？」爸爸表情有些惱怒的問我。

就在這時我才發現兩件事：一是我擋住了他進門的路，二是他帶了新女朋友一起來——他稱她為「我的小甜甜」。

她叫海克，是個長得很好笑的德國白種女人。爸爸絕對可以交到更好的女朋友。他長得很帥，雖然有點老，畢竟都快四十歲了。

大家都說我長得像他。我們都有一頭捲髮，同樣又高又挺的鼻子。我希望長大後能像他一樣瀟灑。加上他又是個建築工人，所以身材維持得很好。

「華勒斯，」他常對我說，「有機會出去活動，絕對不要待在家裡，躺在沙發上看電視。你可以去戶外，去慢跑，去健身房，做點重量訓練！什麼都好！」

突然間媽媽將我推開，好讓爸爸和他的女朋友可以進來。我差點跌倒。媽媽什麼重量訓練都不用做就夠有力了。

「蘇艾倫（Sue-ellen），」爸爸對媽媽說，「你瘦了，是不是？」

「壓力。」媽媽簡短回答。爸爸陰鬱的點點頭。

一踏入起居室，爸爸就對我的城堡讚不絕口。他說他從來沒有看過這樣的東西。媽媽則是咕噥一聲。

「華勒斯先生，你真是讓我大開眼界。」他說。

「太厲害了。」海克表示贊同。

爸爸和她小心翼翼的跨過一座小塔樓，在起居室的沙發坐下。雖然他和海克已經說了他們不吃任何「垃圾食物」，媽媽還是拿了一大盤玉米粽給爸爸。玉米粽向來是爸爸的最愛。

海克目瞪口呆的看著爸爸狼吞虎嚥，彷彿他突然變成一個不認識的陌生人。爸爸邊吃邊遞給媽媽一個厚厚的信封，並祝她耶誕快樂。

他打開我送的耶誕禮物，告訴我他很喜歡。我送給他兩瓶古龍水，因為當時買一送一。

然後海克開始四處打量我們的起居室。

媽媽和她的朋友強納森先生對爸爸後來交的女朋友評價都不高。他的確交過非常多女朋友，也許真的太多了一點。

「那些都是貝思水果糖嗎？」海克問。她說的英文帶著一種很好笑的口音。媽媽點點頭。海克大笑，「你吃了這面牆所有的糖果嗎，蘇艾倫？」

爸爸仍然埋頭猛吃玉米粽。

「事實上，」媽媽說，「我只蒐集玩偶給糖器。」

海克點點頭。「它們很漂亮。你有一顆純潔的童心。」

「嗯哼。」媽媽咕噥一聲，「所以你和班尼是在工作場合認識的嗎？」

「對！」海克回答，「對，對，對，對，對。」她捏捏他的膝蓋。

「不是在建築工地，」爸爸補充道，「我們是在派對上認識的。在紐澤西州。她和我都受邀在那場派對表演。」

呃，我忘了說——我爸爸是個小丑。

沒有，我沒在罵他，他是一個貨真價實的小丑。至少在週末時。

他的主要工作是建築工人，負責在紐約各大樓裡安裝馬桶、烘手機——雖然這麼多年來他還是個非法移民。

爸爸出生在千里達島。幾年前，他開始兼差在孩子的生日派對上扮演小丑。

他為自己取名「小丑洛奇」。

去年我和他一起開著他傷痕累累的舊廂型車，去長島參加一個孩子的生日派對。路途真是有夠遠的。我記得我站在那戶人家超大的後院，想著這裡的草地比我見過任何綠色的東西都要來得綠，看著小丑洛奇追著那群孩子又笑又鬧。

他從來沒對我和我哥做過同樣的事。我只記得他總是非常沉默，無時無刻都很不耐煩的樣子。

一點都不有趣。

爸爸告訴我們，這個叫海克的女人是個專業吞火人。她常被請去派對表演從嘴巴噴出火焰，娛樂客人。我和她一起坐在沙發上，聽到這裡不禁盯著她的嘴脣看，找尋燙傷的痕跡。

「羅利，你要吃嗎？」媽媽問我，「不然我要把玉米粽和豌豆放進冰箱了。」

「蘇，你可以不要再那樣叫兒子了嗎？」爸爸抱怨道，「我們為他取了『華勒斯』這麼有男子氣概的名字，你卻一直叫他『羅利』，聽起來好娘娘腔。他又不是女兒。」

「我覺得『羅利』這個小名很可愛啊！」海克說。

「不要一直誘導他變成女生。」爸爸對媽媽說。

海克張著淡藍色的大眼睛對我微笑，突然間我好想給她一巴掌。我沒那麼做，只是也睜大了眼睛，指著靠近她腳邊的地板。

「老鼠。」我輕聲說。

她愣了好幾秒，可一等到明白我在說什麼，她立刻放聲尖叫，跳到我爸爸身上。不幸的是，他手上那盤玉米粽還沒吃完，所以她這麼一跳，剩下的食物便全撒在我爸的大腿上。

媽媽很生氣，命令我清理沙發。當小丑洛奇發現我對海克說了什麼時，怒氣沖沖的瞪著我。

「可是我真的看到老鼠了，爸爸。」我說。

我沒告訴他，我看到的是平板電腦附贈的滑鼠。之後回想起來，我還是覺得很有趣。我最近越來越常做這類的事——這類很刻薄的事。

而且越來越上手。

砰！

課輔中心裡每個人都轉頭望向教室被推開的門。聽到槍聲時，我們全坐在位子上讀著自己的書——雖然事實上那並不是槍聲。

那聲巨響是大蘿絲弄出來的。

她用她的大屁股撞門，使用蠻力硬把教室的門撞開。猛然被推開的門發出「砰！」一聲，所以現在我們全轉頭看著大蘿絲倒退走進課輔中心教室的虎背熊腰。

「該死，大蘿絲！」桑希妮尖叫，「我被你嚇了好大一跳！」

「桑妮，請安靜。」珍娜小姐說，「蘿莎蒙（Rosamund），安靜的找位子坐下。」

但是本名蘿莎蒙·梅杰的大蘿絲只是站在教室門口，背對著我們，一動也不動。珍娜小姐嘆了一口氣，站起來走過去看看到底是怎麼了。

走廊裡有隻老鼠。

真正的老鼠。

大蘿絲站在門口，注意力全放在那隻老鼠身上。

珍娜小姐出聲趕走老鼠，伸手想拍拍大蘿絲的肩膀，但是她彎腰閃避，躲開珍娜小姐的手。

全班哄堂大笑。

大蘿絲轉身，以一種非常驚訝看到我們在那裡的表情瞪著大家。她是去年十一月才來課輔中心的。我記得她已經在聖尼可拉斯住了好一陣子，而且不知道被多少間課輔中心拒收。

我們聽說大蘿絲很壞，喜歡揍人。

而且她是特殊生。

大蘿絲站在那裡，一言不發的看著我們好一會兒，才拖著腳步走到她平常習慣坐的位子。她獨自坐在教室的另一頭，離其他人的座位都很遠。我看著她，和桑希妮、維加相視而笑。

蘿莎蒙·梅杰是課輔中心裡最高且體型最龐大的學生。說不定她根本是全哈林區最高且體型最龐大的青少年！

她的頭和西瓜一樣大，總是踩著咚咚咚的腳步聲，以一種像在月球上跳繩似的怪異方式行走，彷彿每走一步都要在空中跳一下。她大大的凸眼瞪視著前方，上脣總是被下脣包覆住。

她在椅子上坐下，將她一直放在背包裡的小書拿出來看。在課輔中心大多數的時間，她都在看那些書。

其他的孩子幾乎都不跟她說話。

珍娜小姐一天會走過去關心她兩、三回。

除此之外，在我們的教室裡，大蘿絲彷彿根本不存在。然而我們總會忍不住轉過頭去看——她的頭就像一顆會吸引你目光的黑暗行星。我從來沒聽過她開口說話。

我不確定她是否知道怎麼說話。

在我們吃完點心後不久，社區中心便「凍結」了。這種事偶爾會發生。「凍結」就是工作人員關上並鎖住社區中心所有的門，不讓任何人進出，直到主任點頭為止。

起因通常是社區裡出了什麼麻煩，像販毒集團在搶地盤或幫派械鬥之類的。

這一次則是槍擊案。

有人在附近的雜貨店門口對一個十四歲的小伙子開槍。桑妮聽說那小伙子昨天打了一個女生一巴掌，結果那女生的男朋友剛好是毒販。

因為這件事，在阿里先生認為已經安全之前，沒人可以進來或離開課輔中心。

維加靠在教室角落，和戴瑞爾B不知道在笑什麼。我沒和他們一起，獨自坐在桌子旁。

有人從外頭進來時鞋子沾了雪，在地板上留下一道髒兮兮的印子。早晨我出門上學時，外面下著大雪。現在到了傍晚，所有的雪都從亮白色的雪花變成了髒兮兮的灰色碎泥。

今年冬天的暴風雪和陰沉沉的天色，對我來說真是難以忍受。我在想，我是不是從此都無法再感受到快樂的感覺了。

建造城堡似乎成了唯一能安撫我的精神支柱。當我在組裝積木時，可以忘了其他的一切。但是我知道今晚媽媽一定會強迫我拆掉莫尼克羅堡。我不曉得到時候該怎麼辦。

真的不知道。

感覺我似乎就要失控了。

「為什麼你以前總是在生你爸的氣？」我問。

「我告訴過你了。」阿里先生說。他壓低的聲音幾乎被他的小辦公室給吞沒。

「沒有，你才沒有！」

「我以為我告訴過你了。」阿里說，「而且你用不著大吼吧！」

「聽著——」我說。

「瑞奇波爾先生，你是個有大腦的年輕人，可是你心裡有些事一直不肯說出來。這太愚蠢了。我只是想幫你的忙。」

我再次回想起杰邁恩，還有在他死前我們所發生的爭執。我猜我的確為了這件事感到很困擾，畢竟我和哥哥畫下句點的方式實在太糟糕了。

「你告訴我為什麼你現在這麼生氣，然後我就告訴你為什麼我以前那麼生氣。」阿里先生揚起一側眉毛。「成交？」

我發出「嘖！」一聲。「我沒時間陪你玩這——」

「你爸爸好嗎？」他問。

「喔，天啊！你為什麼要把他扯進來？」我說，「他還好吧！我猜。」

「失去兒子對他打擊一定很大。沒有父母應該為兒女送葬。身為子女，我們長大時就知道有一天父母會離開我們，可是父母通常不會預期孩子早自己一步離世。」

我從來沒那麼想過。

阿里先生隔著辦公桌往前傾，縮短我們之間的距離。「華勒斯，你知道嗎？現在也許是進一步認識你爸爸的好時機。你和他見面的次數實在太少了。」

「嗯，那是他的問題，不是我的。」我說。聽到阿里這麼說讓我很生氣。「他才是爸爸。他應該要騰出時間來看我！」

「我懂，我懂。冷靜一點，兄弟。」

我往椅背一靠，試著裝出放鬆的樣子。

「記住，」阿里說，「對於杰邁恩的死，你爸爸和你一樣都在努力調適，他痛苦的程度也許比你更深。不過你們也許可以利用這個意外的機會，重新建立較佳的父子關係，一起面對沒有杰邁恩的未來。」

我皺起眉頭。

「保持開放的態度。」他說。

我寧願把所有的事放在心裡。反正沒人了解我，沒人在乎我。

我覺得很不舒服，而且全身發燙。

9

我的頭要凍僵了。

一陣強風颼颼的颳過第一百二十五街，讓我的頭覺得更冷了。我決定加快腳步。我轉動眼珠小心的四處張望，害怕隨時有人跳出來攻擊我。

耶誕前夕之後，我老是甩不掉被人盯梢的感覺。

我今晚出門的唯一理由是因為我的心裡異常焦躁。我坐不住，非得站起來出門走走不可！即使今晚真的挨揍了，我也還是非出門不可。

我知道沒有人在乎，現在就連我自己也開始變得不在乎了。我本來希望外頭的天氣會幫助我冷靜下來的。

我走到圖馬在第一百二十五街的小店。圖馬是我和非洲之間的牽線人。他的店裡什麼都賣，從護髮產品、潤膚油、仿冒的名牌衣服到非洲雕像，什麼都有。

每一次我問圖馬是從哪兒來的，他總是顧左右而言他，彷彿有什麼祕密怕人家知道似的。圖馬還有孩子留在非洲，不過他探望他們的次數可能比我爸來看我要來得更頻繁。說真的，對我來說，我哥哥比班尼・瑞奇波爾更像個父親。

只要杰邁恩在身邊，我就覺得安全。和他一起走在街上，我知道沒有人可以碰我。如果杰邁恩還活著，我走在第一百二十五街不會像現在這麼緊張。

完全不會。

圖馬的小店沒有門。從街邊跨進去，所有他賣的東西全攤在那裡。夏天沒有冷氣，當然冬天也沒有真正的暖氣。

我沒辦法像他那樣整天坐在冰冷的戶外。

我站在結冰的人行道上，等著圖馬把帽子賣給幾個白人。哈林區其實住了不少白人，不過感覺上就好像他們並不是真的住在這裡。

白人在哈林區有他們自己習慣光顧的店，而那些地方我們黑人是不會去的。至少我認識的黑人沒有一個會去。我的意思是，你也絕對不會在我們的理髮店裡看到任何白人。

就像假的一樣。

我是說，如果這些白人真的住在哈林區，為什麼他們不到我們的理髮店剪頭髮呢？也許他們以為黑人理髮師不會剪白人的頭髮吧？又或者白人認為我們不喜歡他們來我們的店？真奇怪。我猜他們喜歡繼續當隱形人，很愛遮遮掩掩的，就像圖馬和爸爸一樣。

圖馬以一頂三十美元的價錢賣了兩頂非洲帽給一對笑嘻嘻的白人情侶。那麼貴我才不會買呢！

「羅利！」圖馬說，「進來裡面，站到電暖爐前！你最近過得如何？你老是讓我想起自己留在家鄉的兒子。你過得好嗎？」

他拍拍我的背，把我拉到他坐的電暖爐前面。

「很好好好好。」我像小孩唱歌似的回答。我不知道自己為什麼會這樣，有時候我會忘了自己幾歲。「我需要一頂帽子，圖馬。一頂黑白相間的非洲帽，和你剛賣出去的一樣。」

圖馬搔搔鬍子，將他裹在身上的舊拼布棉被拉得更緊些。「我想我可以幫得上忙。對，對，我確認一下，應該還剩一頂可以給你。」

他開始在櫃子裡翻找。我轉身望著外頭的人行道，沒看到任何埋伏的人。我靠近他的電暖爐，讓它溫熱我的腳趾頭。

「拿去，羅利！」圖馬說，「最後一頂！」他遞給我一頂很像放大版冰上曲棍球的編織帽，上頭綴有流蘇。

「這頂是藍白相間的。」我說。「多少錢？」

「特別算你便宜，十美元。」

我睜大眼睛瞪著他。

「好啦！好啦！」他說，「既然你是我的老朋友，算你七美元就好。」

我把頭一甩，繼續瞪著他。兩人對峙了好一會兒，然後我假裝要走了，把帽子遞回給他。我開始往外走。最後他以三美元把帽子賣給我。

我立刻把帽子從他手上抓回來，戴在頭上。

我離開時，看到圖馬拆開一個大箱子，拿出裡面和我頭上一模一樣的帽子，堆在店裡的貨架上。

冷風颼颼吹過，十四樓的風真是大。我很慶幸買了這頂帽子。在黑暗中，我從筆記本撕下另一張紙，又開始摺了起來。

上來頂樓的門壞了，警報器也壞了。我只是轉動一下門鎖，就毫無困難的打開了門。

我停下來眺望聖尼可拉斯社會住宅，家家戶戶都已點亮了燈。上來這裡讓我心情稍微變得好些。我坐在我家大樓的頂樓，從這裡可以看到整個中哈林區。

在今天這樣的夜裡，哈林區就像個閃閃發亮的填字遊戲。你可以看到馬路整齊排列的街燈，縱橫交錯，宛如一個大大的棋盤。

發亮的棋盤到了我的左手邊頓時變成一片漆黑。那是聖尼可拉斯公園，裡頭幾乎全是樹木，連一盞街燈都沒有。

我傾身靠在大樓頂樓的矮牆上，往下窺視。步道上有個女孩在行走。她不停的左右張望，看起來很緊張。我猜她大概剛下班，正要回家。

我把紙飛機射出去。強風攫住它，將它往下拉。我的飛機轉了幾圈之後便被吸入大樓之間的空隙。

今晚的風太大，確實不適合發射紙飛機。

它們只會全數遭到摧毀。

破壞殆盡。

我再次往十四樓之下的步道望去。那女孩消失了。風又吹了上來，冷空氣直灌我的背脊。這裡離地面很遠。聖尼可拉斯社會住宅發生過幾次跳樓事件，我猜他們大概是受不了自己的生活吧？

如果杰邁恩在這兒，我就什麼都不怕了。他是我的保護者。想到從萬聖節前他就不再和我說話，我的心就痛得不得了。

我真希望我沒有做那件事。

今晚我站在這麼高的地方，只要一陣強風就可能將我吹落。我不禁納悶從這裡摔下去會是什麼感覺。

不好的念頭。

不好的回憶。

10

「輕輕的翻面，羅利。」杰邁恩說，「你看，要破了。」

身材高大的哥哥站在我身後。他往前跨一步，抓住我的手腕。我的手仍緊緊抓住塑膠鍋鏟，他握住我的手，兩個人一起鏟起鬆餅。它輕巧的翻了面，躺在熱騰騰的黑色煎鍋裡。熱油像爆竹似的噴了上來。我往後跳，撞上了杰邁恩，直接踩上他的運動鞋。

然後他生氣了。

「你怎麼可以用你髒兮兮的室內拖鞋踩在我乾淨的新運動鞋上？」杰邁恩對我大吼，一把將我從他的鞋子上推開。

我試著推他，但是他的手按在我的額頭上，讓我無法靠近。我一邊大笑，一邊攻擊他。他對我露齒微笑，戲謔的繼續按住我的頭。

「喲，羅利！」杰邁恩說，「羅利！停！不要再玩了。你玩得太過分了。」

「你才玩得太過分呢！」我說。我上氣不接下氣，仍然伸長了手想抓住他。最後我決定放棄，站在我們公寓的廚房裡，雙手抱胸，氣呼呼的瞪著他。

杰邁恩也瞪著我，然後搖頭大笑。「這樣好多了。喔，糟了！看你幹了什麼好事，鬆餅要焦了！」

我為什麼會想起這件事？那是好久好久以前的事了。

差不多三年前，當時我才九歲，還只是個孩子，而杰邁恩剛從高中畢業。他一開始在弗雷德里克．道格拉斯大道和第一百二十七街交叉口的爛雜貨店工作，不過很快就不幹了，轉而到以前開在聖尼可拉斯大道的理髮店上班。

洛基告訴過我，他和杰邁恩是在同時期進那家店的。杰邁恩很喜歡那間理髮店的工作。第一個月他們只讓他掃地，清掃剪下來的頭髮，但過一陣子後，他告訴我，他們開始讓他做其他的工作，薪水也變多了。

他喜歡賺錢。

杰邁恩檢視小麥色的鬆餅，說：「還不算太糟。」他鬆了一口氣。「現在我們把這個放到盤子上，從頭再來一次。在鍋子中間倒一點點麵糊。等一下。看著它。很好。等你看到鬆餅中央開始冒泡泡時，就知道它差不多要好了，這時你就可以翻面，但是要輕輕的，羅利，輕輕的翻。」

杰邁恩在餐桌旁坐下，開始看報紙的工商版。每天下班後，他都會將理髮店訂的報紙帶回家。

我站在瓦斯爐前，看著鬆餅在煎鍋裡成形。

「又有燈真好，對不對？」杰邁恩看著他的報紙說，「晚上黑漆漆的，根本沒有辦法閱讀。」他搖搖頭。

我們兩個一起瞄了他剛插上延長線的明亮檯燈一眼。我們的窗戶打開了一道剛好足以讓延長線通過的細縫，彎彎曲曲的延長線從那兒爬出窗外。

自從上週我們家的電被切斷後，杰邁恩只能靠著微弱的燭光看報紙。後來他再也受不了了。那時爸爸還和我們住在一起——那是在他和媽媽分開之前。爸爸以前的工作很不穩定，換句話說，我父母的收入自然也不穩定。

但那不是我們的電被切掉的原因。

社會住宅的房租是包含電費的。在有機會被斷電之前，你會先被趕到街上。

我們和這層樓半數的住戶之所以會沒電可用，全是因為牆壁裡的電線短路。保險絲燒斷了。我們等了整整一個星期，等著管理局來修理，可是維修工一直沒有出現。就像我之前說過的，市政府什麼都不管、什麼都不修。

杰邁恩跑去拜託住我們隔壁的杰金斯太太，讓我們將一條又粗又大的橘色延長線插在她家的插座上——她的公寓位在還有電的那一半。那條延長線從我們窗戶伸出去，貼著人行道上方七層樓高的牆壁，再鑽進杰金斯家的窗戶。杰邁恩給了她一點錢好讓事情順利進行，所以是個皆大歡喜的結局。

我記得我當時就在想，等爸媽那晚回家看到時，不知道會說什麼。

「搞什麼東西？」爸爸回家後，走進廚房時說。他整天都在市區工地現場等待工作機會。那一整個星期，我們所有人都已經習慣回家時看到的是一片黑暗和昏黃的燭光。所以當爸爸走進來，看到我和杰邁恩在電燈泡旁煎鬆餅時，表現得非常驚訝。還有開心。

「我的小狐狸！」爸爸稱讚杰邁恩，大笑著拍了拍杰邁恩的頭頂，「我們屋裡至少還有另一個天才，是不是？但如果被管理員看到了怎麼辦？」爸爸朝窗外看去，「明天管理局的人會發現那條橘色延長線掛在牆上，他們會說這樣不安全。」

「嗯，我想過了，我們只在晚上才需要燈。」杰邁恩繼續看著報紙回應。他的目光往上移。

「太陽出來後，我們就把延長線收進來，等到晚上再插回去。管理局的人什麼都看不到的。」

「你真是個狡猾的天才啊！」爸爸說，「過來，兒子！」他把杰邁恩從椅子上拉起來，將他按壓在冰箱上。杰邁恩的報紙飄落到地板上。

「嘿！」杰邁恩大叫，「爸爸！喔！」

爸爸咧著嘴對他笑，告訴他盡全力反抗。杰邁恩卻只是繼續大吼大叫。爸爸抓住他的手臂將他往上抬，杰邁恩的背壓在冰箱上，雙腳只剩腳尖還碰得到地板。

「我的手要斷了！我的手要斷了！」杰邁恩繼續大叫。

我一隻眼睛看著他們，另一隻眼睛仍注視著我的第三片鬆餅，就像杰邁恩教我的那樣。它的中央開始冒出泡泡，真有趣。其實這不是第一次了，爸爸經常沒事就把杰邁恩按壓在冰箱上。很無聊。

我將鬆餅翻面。

「你有個狐狸般的狡猾腦子，」爸爸對杰邁恩說，「但你必須更有男子氣概一點。你不當個男子漢，爭取你的自由嗎？」

杰邁恩終於出拳重重的打向爸爸的胸膛，這讓爸爸稍稍滿意，於是放手讓哥哥滑下冰箱。杰邁恩彎身不停的揉搓兩隻手臂。

爸爸再度轉頭看著那條延長線。「我猜我待會兒得過去隔壁打發一下杰金斯太太。」他摸著自己光滑的下巴，「那個大嘴婆幫我們這個忙，不知道會想要多少錢？」

「這件事我已經辦妥了。」

爸爸轉身看向還在揉著痠痛手臂的杰邁恩。「什麼？」爸爸驚訝的問，「你付錢給她了？付了多少？怎麼付的？」

杰邁恩站直身體。「不多。我也買了些日用品：麵包、汽水，還有很多罐頭。羅利想做鬆餅。」

爸爸瞪著杰邁恩好一會兒，就在他正要開口時，前門傳來聲音，我們三個人一起轉頭。是媽媽回家了。

媽媽看起來累極了，而且她似乎沒注意到杰邁恩的延長線傑作。不過她心情很好。

媽媽找到了工作，市中心一間商店決定僱用她當保全人員。爸爸聽到之後開心得不得了。

雖然媽媽試著躲開，但他還是不停的親她，將她拖往他們的臥室，關上了門。

我和杰邁恩又回去幫我們的鬆餅翻面。

一份新工作代表有錢可以買生活必需品。

我想到哥哥給了隔壁的杰金斯太太錢，還有他買的日用品，我真希望自己也能找個工作幫忙分攤家裡的開銷。我記得我還問了杰邁恩，我能不能在放學後到理髮店掃地。

那似乎並不是一個困難的工作。雖然我只有九歲，不過要將地板上的頭髮掃乾淨，年齡應該不是問題吧？

當我問他能不能到理髮店工作時，才幫鬆餅翻過面的杰邁恩突然衝向我。他在我面前揮舞著鍋鏟，沾在上頭的零星熱油飛濺起來，燙傷了我的眼球。

我大叫一聲。

他把我抱到水槽旁，打開水龍頭將我眼睛上的油沖掉。

我的眼睛仍然閉著，聽到媽媽從臥室裡大喊，「你們在外頭搞什麼？羅利，你沒事吧？」

「睜開眼睛。」我聽到杰邁恩說，「睜開你的眼睛，羅利。」

我慢慢睜開雙眼，看到的是我哥離我只有兩吋的臉。他棕色的大眼睛直直的瞪著我。

「你看得到嗎？」他問我。

我點點頭。

他「嘖！」了一聲，音量和媽媽的不相上下。「你沒事。」他說，然後大喊，「我們沒事，媽。」

「出了什麼事？」媽媽喊道。

杰邁恩抓起他掛在廚房椅背上的外套。「沒事！沒什麼事！我們很好！」

「你們兩個男孩玩得太過分了。」爸爸也大喊。

杰邁恩轉向我，這一次他用手指掐住我的臉頰。我縮成一團，動都不敢動一下。

「我不想要你到理髮店來。」他告訴我。他沉默了好一會兒，似乎在思考什麼事。「我已經看膩了你這個小混球。」他穿上外套。「老實說，天天看到你有夠煩的。我們睡在同一個臥室，在同一個小廚房吃飯，住在同一個小公寓……我很厭煩你總是一天到晚跟著我，羅利。」

我的眼睛開始湧出淚水。

「我不想要你跟著我，」杰邁恩說，「尤其在理髮店裡。向我保證你不會來。不管是誰叫你，答應我你絕對不會來。」

眼淚滑下我的臉頰，但我什麼都不說。杰邁恩生氣的彎腰瞪著我。

「我保證，」我很快的說，「我不會去理髮店。我會離你遠遠的。」

我哥看著我，然後露出一個非常傷心又有點怪異的苦笑。他伸出手想碰觸我，可是看到我閃躲後便停住了。

「我出門了。」他一邊說，一邊往外走。

我記得我哭著跑向臥室，然後花了一個小時組裝一艘樂高海盜船。組完之後，我的心情才好了一點。

那大概是我記憶中第一次躲進樂高世界尋求慰藉。

當真實世界令我難以承受時，樂高將我吸入另一個空間。到了現在，樂高世界不再只是一個新地方，同時也成了一個我之前就來過的熟悉老地方。

或許爸爸也在那裡。

或許杰邁恩也在。

阿里先生認為進一步認識爸爸會對我最近的情緒困擾有幫助，然而在我的腦海深處，其實並不確定爸爸有多想要我出現在他身邊。

11

「昨天在雜貨店前面出事的就是我表哥費瑞多。」維加在我耳邊輕聲說。我瞪著他。「不過他還活著，」他接著說，「媽媽說他們只打中他的肩膀。她今天會來接我，因為她不想要我一個人走路回家。」

維加在我旁邊坐下，椅子被他壓得嘎吱作響。我們兩個同時望向珍娜小姐——我也不知道為什麼。我猜是想確認她有沒有在看。不過她戴著耳機，完全沒注意到我們。

我小聲的問維加，「費瑞多打了鯊魚詹姆斯的未婚妻一巴掌？」

他點點頭。

「真蠢。」我輕聲說。

我從來沒見過這位以「鯊魚詹姆斯」為名在附近一帶活躍的幫派分子，但是我聽過太多傳聞，了解到絕對不要以為打了他女朋友一巴掌還能安然無事。

「你看！」維加說，示意我看他的手機螢幕。他把手機藏在桌子下拿得低低的，免得被珍娜小姐看見。

「什麼？」我瞇起眼睛看他的手機。

「費瑞多昨天出事前傳了訊息給我。跟蹤我們的那兩個小混混叫哈伯和蓋利，他們昨天又去找費瑞多，想要他加入他們的幫派。」

他的手指敲著螢幕，讓我讀那則訊息。讀完之後，我不發一語，只是搖搖頭。哈伯和蓋利為他們的幫派招募新血還真是不遺餘力啊！我拿出我的手機，和維加一起上網尋找線索。

所有幫派都會將對其他幫派的恐嚇上傳到網路上。他們彼此叫囂，吹噓自己的幫派最棒，而且要殺得其他幫派片甲不留。我不懂為什麼他們要把這些放在網路上讓大家自由觀賞。哈伯和蓋利的幫派甚至錄了一支蠢爆了的音樂影片，用饒舌歌唱著要射死每個敢和他們搶地盤的人。

就在我要將音樂影片拿給維加看時，我整個人突然從椅子上往後飛。我還以為我會摔到地上，可不知怎的，我的身體離開椅子停了下來，頭下腳上的在空中晃。

有人搶走我手裡的手機。我無法控制自己，放聲尖叫。

「瑞奇波爾先生！」我聽到阿里先生大聲的說，「你的功課在你的手機裡嗎？」

阿里先生抓著我的一隻腳踝，我依舊是頭下腳上，只能無意義的大吼大叫。我可以看到教室裡的其他人都跑向我，但卻看不到阿里先生的臉。

「聽起來並不像個聰明年輕人的回答。」阿里說，「我認為你和我應該再好好談談了。」在桑妮、戴睿爾，甚至維加的笑聲中，阿里先生抓著頭下腳上的我走出教室，穿過走廊，進入一個黑暗的房間。

我不知道自己身在何處。頭下腳上的姿勢讓我頭超昏的。

「阿里先生！」我大叫，「對不起！放我下來！我頭好昏啊！」

燈亮了。我發現原來我們是在儲藏室裡。他放低高度，讓我的頭碰到地板，然後凹折我的身體，直到我軟倒在地磚上。

我大笑。「嘿！老兄！」我喊道，「這地板髒死了，天啊！」

「你又叫我『老兄』了？華勒斯，我可不是你的玩伴。」

「你是吸得太『嗨』了嗎？」我模仿幫派分子的語調，但忍不住越笑越大聲。

阿里歪斜的臉看著我，彷彿也忍不住快笑出來。他大喊，「下次再讓我抓到你在我的課輔中心看那些不入流的幫派恐嚇訊息，我會沒收你的全新手機，再把你關在這個儲藏室裡！」

我用舌頭吸住牙齒，發出「嘖！」的聲音，幾乎和媽媽的一樣響亮。

「把你和所有的蟑螂，還有跟貓一樣大的老鼠關在這裡。」他繼續說。

我坐在髒兮兮的地板上，嗤之以鼻。「那就關啊！」我對著他大叫，「如果你真的把我關起來，我媽會來找你算帳──嘿！」

阿里先生伸手開始將門關上。我看到維加和其他看熱鬧的孩子站在他身後的走廊上，每個人臉上都掛著大大的微笑。我跳起來，試著在他關上門前抓住門把。

喀──喀啦！

太遲了。

我獨自被鎖在超大的儲藏室裡。我用力搥打關上的門，又哈哈大笑了好幾聲。阿里真是個不折不扣的瘋子！

「喔，你覺得很好笑嗎？」我聽到阿里的聲音從門的另一邊傳來，「我們等著看那些和貓一樣大的老鼠爬出來開始追你時，你還笑不笑得出來。」其他人聽了之後紛紛大笑。

「別擔心，羅利！」維加大叫，「當和貓一樣大的老鼠出現時，你只要繞著圈子跑就行了！」更多咯咯笑的聲音傳來。「反正裡頭大到可以打躲避球！」

我雙手抱胸，從門前往後退。我聽見維加說完後所有人都笑了，但是就在此時，我的腦袋裡似乎有什麼在蠢蠢欲動。

是因為被抓著頭下腳上太久了嗎？

我維持雙手抱胸的姿勢慢慢轉身，打量這個大房間。

裡頭非常空。天花板至少離地六公尺。一堆金屬折疊椅和靠在牆上的木頭梯子是僅有的家具。

空氣中傳來極大的震動聲。我抬頭望著牆壁上的暖氣出風口，溫暖的熱氣開始從那裡噴出來，吹拂在我臉上，感覺好極了。

我腦袋裡蠢蠢欲動的東西逐漸變得具體。

等到阿里先生終於打開門命令我出去時，我反而因為陷入沉思，幾乎沒注意到他就站在我身後，對著我的後腦勺講話。

我在另一個地方，另一個世界。

而我愛死它了。

12

可笑的情人節。

可笑的桑妮帶了胡桃巧克力分給課輔中心的每一個人。

奎特莎。

戴睿爾R。

戴瑞爾B。

她給了我一整袋。

當然她也給了跟她最要好的女生艾佩兒．伊托卡克潘。桑妮甚至連她的死對頭維加也給了。她還送給阿里先生，以及兩個課輔中心的老師。

就像我剛說過的，她帶了巧克力送給課輔中心的每一個人。

除了大蘿絲之外。

我不在乎桑妮是否刻意漏掉大蘿絲。嗯，事實上，我猜其實我在乎，不過我也知道自己不該這樣。在我的內心深處，在我腦袋的角落裡，看到蘿莎蒙被漏掉，這感覺好極了。

如果我這麼不開心，憑什麼其他人都可以過得快快樂樂的？

我吞下一顆巧克力。她用的是黑巧克力，又苦又澀。

桑妮說過這些是她和她的新男朋友在二月十三日親手做的。當她說到「男朋友」時，目光直視前方。她的好朋友艾佩兒則斜眼看她，然後看我，接著再看她。兩人咯咯笑個不停。

女孩子真奇怪。

我又扔了一顆巧克力進嘴裡，看著離所有人遠遠的、獨自一人坐在教室角落的大蘿絲。那個大蘿絲也很奇怪，我心想。

桑妮說有人告訴她，大蘿絲在家自學，由她外婆當她的老師，只有來這裡參加課輔中心。我讓最後一顆巧克力滑下喉嚨，想著大蘿絲有多麼奇怪。當桑妮跳來跳去把巧克力分給我們時，她連眼皮都沒抬一下，也沒朝教室裡的其他人多看一眼。

大蘿絲只待在自己的世界裡。遙遠的世界。

太陽系之外。

「這些巧克力很好吃。」奎特莎對桑妮說，「你和你的男人得再多做一些，給我一個人吃就好。」

艾佩兒點點頭。「我的桑妮寶貝烹飪功夫一流！」

「喔，那很簡單，」桑妮回道，「不過是我眾多天賦中的一項。」

維加翻了翻白眼。「你的巧克力很普通，桑妮。從我家沙發縫裡隨便撿的糖果都比這個好吃。」他露齒微笑，在我旁邊坐下，打開琴盒拿出小提琴。

「你知道嗎？凱西米諾，」桑妮對維加說，「你真是一個愛挑釁的小男孩。我只是想讓每個人都有個快樂的情人節罷了。」她的目光飄向房間另一頭仍埋首看著自己的書的大蘿絲。

維加把小提琴放在大腿上。他給它取了個名字，叫「耶」。他看著桑妮，手指撫摸琴弦。

「我和我最好的朋友艾佩兒開始創業了。」桑妮又說。

所有人立刻安靜下來。維加拉起其中一根弦，彈了一下，發出的聲音活像卡通裡蠢蛋出場時的聒噪背景音。我和奎特莎從鼻子發出豬叫般的哼笑聲。桑妮非常不以為然。

「什麼？」戴睿爾R對桑妮說，「創業？我們吃巧克力得付錢嗎？你不是說這些是免費請大家吃的嗎？」

「當然不用錢，傻瓜！不是巧克力啦！我們現在是偵探了。」艾佩兒宣布。

「ＥＤＫ私家徵信社。」桑妮接著說，「我們把公司的名稱印在巧克力包裝紙上，你們看！」

「她男朋友想出來的點子。」艾佩兒說，和桑妮對看了一眼。

老實說，艾佩兒長得很漂亮，而且當她沒跟桑妮在一起、沒受到桑妮的邪惡女孩同盟影響時，其實個性相當不錯。

而且桑妮才沒有男朋友。她還太小，我知道她媽媽不會准的。

我將剛才揉成一團扔在桌上的包裝紙攤開。一行整齊的筆跡寫著「ＥＤＫ私家徵信社」。

「你們這兩個呆子。」奎特莎笑個不停，對著兩個女孩說道。

「你們認為自己現在是偵探了？」維加以不可置信的語氣問她們。戴睿爾也開始竊笑，惹得桑妮很不高興。

「我們要解開的第一個大謎題就是，」她很大聲的說，彷彿說得越大聲就會讓它聽起來越真實，「找出羅利一整個星期都躲在儲藏室裡到底是在做什麼。」

艾佩兒對著我微笑，那模樣彷彿只有她的微笑可以讓我吐實似的。

這些女孩子實在是……

「喔喔喔喔，」戴瑞爾一邊叫，一邊彎下腰，從戴睿爾的肩膀上方瞇起眼睛看著他在自己的新平板電腦上畫畫。「這是幫派圖騰嗎？」他問。

「對，」戴睿爾回答，「我幫『千呎高錢幫』設計的。」

戴瑞爾將圓臉轉向他。「你加入了『千呎高錢幫』？」

戴睿爾搖搖頭。「是我的好朋友加入了。我純粹是幫忙，為他們設計一個新標誌而已。」

「你不該和幫派人士混在一起，戴睿爾。」奎特莎說，「他們會讓你惹上大麻煩，你不會不知道吧？」

戴睿爾R聳聳肩，繼續用食指在平板電腦上作畫。他的幫派標誌設計以手槍和鴿子為背景，主體則是握緊的拳頭加一隻伸出兩指比著勝利手勢的手。

大家覺得他設計得很棒，於是他開始展示存在平板電腦上的其他作品，裡頭有幾張他住在密蘇里州的表哥用電子郵件寄給他的超厲害畫作。

看到這些，我不禁想，也許我該多利用班尼．瑞奇波爾給我的遲來的耶誕禮物，說不定我可以像戴睿爾一樣設計一些東西。

「這張也是傑登表哥的塗鴉作品。」戴睿爾說道，給我們看牆面塗鴉的照片。

桑妮對著平板電腦皺眉。「還不錯，不過他畫裡那些彎來彎去的線是什麼啊？」

「那是他的簽名。」戴睿爾告訴我們，「而且那不是彎來彎去的線，是數學幾何裡的雙紐線，代表了『永恆』。」

「沒有人喜歡永恆。」桑妮很快下了結論。然後大家又開始寫自己的功課。

但是維加開始拉起很久很久以前的音樂家巴哈的《第一號無伴奏大提琴組曲》。過去兩個月來，他一直在用小提琴練這首曲子。

旋律很美，但我聽了一次、一次又一次，聽到都反胃了。

桑妮一定也覺得無法集中注意力，因為她將目光從書本移向坐在教室角落的大蘿絲。剛剛桑妮將巧克力放在大蘿絲的桌上時，那個怪女孩仍繼續看著自己帶來的書。

不過一等桑妮回到我前面的位子坐下，我們兩個就看到大蘿絲撕開包裝紙，把巧克力扔進嘴裡。我很驚訝，沒想到桑妮最後還是仁慈的給了大蘿絲巧克力。

是因為情人節，她才那麼做嗎？

我腦子裡邪惡的想，我寧願她不要給大蘿絲巧克力。

就在這時，大蘿絲從椅子上跳起來，開始呻吟。她含著眼淚從我們的桌子旁跑出去，用手抓住自己的舌頭，不停的刮著。

這一次她沒有邊走邊跳，而是以子彈般的速度直線跑了出去。

除了桑妮之外，我們所有人都看著她飛快的穿過走廊，跑向飲水機，而桑妮的眼睛卻只看著自己的數學課本。

「我們做的巧克力有核桃口味，」她頭也不抬，小聲的說，「還有辣椒口味。」

大家七嘴八舌的討論起來。

桑妮把頭整個埋進數學課本裡，得意的笑了。

我單肩背著我的橘色背包，躡手躡腳的在社區活動中心的走廊前進。我非常不想打斷阿里先生嚴厲訓斥桑妮的好戲，但是我在半個小時前就已經寫完功課，準備好要開工了。

「嗯，我和雷做了許多口味，」我聽見桑妮說，「我猜其中一顆辣的不小心混進去了。」

阿里先生對她大翻白眼，她裝出一臉悲傷的模樣。阿里先生突然轉身面對我。

「華勒斯？」他說，「你在這裡做什麼？你知道辣椒巧克力的事嗎？」

我搖搖頭。「在事情結束後才曉得。」

「很好。」他說，轉回去看著桑妮。

「阿里先生？」我喚道。

「回教室把你的功課寫完。」他很不高興，然後在我還來不及回答前又說：「我和狄克遜・耐特小姐還有事要談。」

「我寫了。」我說。

「什麼？」

「我寫完功課了，阿里先生，早就寫完了。我想請你讓我進去。到了我進儲藏室的時間了。」

一聽到我這麼說，桑妮瞇起眼睛看著我。

「喔。」阿里先生說。「對，請小瓢蟲幫你開鎖吧！告訴她是經過我同意的。現在，桑妮小姐，你在做這件事之前，難道沒有想過大蘿絲可能對辣椒過敏嗎？我們很有可能得送她去醫院急診。」

我跑去找珍娜小姐，暗自祈禱她不會找我麻煩。說真的，要是叫我再多等幾分鐘，我會死翹翹的。

沒錯，就是那麼嚴重。

13

「我外婆告訴我，如果你在年紀夠大之前就和女孩子做那件事，你的小雞雞會像被扔進火裡的小樹枝一樣縮起來。」

聽到穆罕默德的話，我們全愣了好一會兒，然後五個人一起爆出笑聲。

除了穆罕默德之外。

笑的感覺真好。

我和幾個朋友一起坐在聖尼可拉斯公園夜晚冰涼的石階上。這裡相當大，但沒有中央公園那麼大。聖尼可拉斯公園不算寬，比較狹長，還有一個挺大的山丘。

我們周圍全是樹木。臺階一路往上，通往漢密爾頓高地區和市立學院的山丘。我們得提高警覺小心警察，因為理論上公園過了傍晚就關了，而且我們正聚在一起偷吸菸。

更重要的是，我們沒有一個超過十四歲。

「喲，穆，」戴睿爾．雷諾斯咯咯笑著說，「你外婆真的這麼說？」

穆罕默德點點頭。你可以看得出來他搞不懂為什麼我們都在笑他。柯費吸了一口他們幾個傳來傳去的香菸，遞給穆罕默德，但他板著臉，揮了揮手拒絕。

「穆，你為什麼會相信？」柯費問他。

穆罕默德沒有回答。他從擱在大腿上的油膩紙袋裡取出一根薯條。

「你這個非洲呆子。」西里爾在黑暗中說。

「嘿！西里爾，不要看不起非洲人。」柯費說，「我也是非洲人，但是我不相信穆罕默德的外婆說的話，而且真要比較起來，你們這些穿椰子殼的可比我們非洲人呆多了。」

「喔，生氣了。」佛瑞迪開口，想挑起紛爭。

「羅利，老兄，他說你和西里爾是『穿椰子殼的』，你難道就這樣放過他嗎？」戴睿爾R大笑著問我，「你們可是坐在這兒的人當中唯二來自西印度群島的呢！」

我不時會聽到「穿椰子殼的」這種說法——就是有些人會刻意貶低來自加勒比海的家庭。我聽到時通常會生氣，不過我知道柯費只是在鬧著玩罷了。

柯費「嘖！」了一聲，抓住我的肩膀。「我不是在講羅利，他和他媽媽才經歷了一段很困難的日子。羅利是穿椰子殼的好人，」我們全笑了。「和坐在那裡的西里爾不一樣。」

西里爾將空紙袋丟向柯費的頭。柯費撿起來丟回去。

「喲，穆！」佛瑞迪大叫，「給我一些薯條！」

「喲，羅利，」戴睿爾對我說，「艾佩兒的屁股真大，對不對？」

我點點頭，露齒微笑。

「沒有蒂莎那麼大！」佛瑞迪喊道，同時進攻薯條。

「閉嘴，佛瑞迪！」戴睿爾說，「不過艾佩兒話太多了。」他吸了一口菸，傳給下一個人。

「我聽說她和桑妮現在還自封為偵探。」佛瑞迪說。戴睿爾噴出一口菸，看起來很討人厭。

「所有的女孩子話都太多了。」他抱怨。

「我朋友貝特雷．瓊斯逮到她們到處在窺探。」

「貝特雷．瓊斯？」戴睿爾問。

「貝特雷．瓊斯！」佛瑞迪大聲的重複。

「天啊！那是什麼怪名字？」西里爾說。

「他是南方來的。他們說他小時候喜歡拿奶油棒沾砂糖吃，所以才為他取了這個名字[1]。」

佛瑞迪回道。

「好噁！」西里爾說。

「南方人真是噁心。」戴睿爾跟著說。

「糖山那家新餐廳就是他爸媽開的。」佛瑞迪繼續說道，「話說回來，貝特雷．瓊斯看到桑妮和艾佩兒在附近鬼鬼祟祟的。就在這個公園上頭，她們裝得好像自己是警察似的到處找人。」

「我不介意當警察。」西里爾搭話。

戴睿爾揚起一邊眉毛。「還是最好介意一下吧！西里爾。」

柯費大笑，然後說：「我想寫電腦軟體。」他把香菸遞給我。「你呢，羅利？你長大後想做什麼？」

我手上拿著大家共享的香菸，想了好一會兒才回答，「我不知道。」我聳聳肩。「我真的不知道，柯費。」

我以前從來沒吸過菸，所以只有小小的吸了一口，趕快遞給下一個人。

---

1 貝特雷的英文為Butteray，Butter為奶油之意，而ray是一束的意思。

「你這樣吸不對啦！」戴睿爾說，「你要深呼吸。」

每個人都看著我。

我又再試了一次，這次深深的吸了一口。香菸的味道滑下我的喉嚨，我忍不住咳了好幾聲。我咳得很劇烈，感覺好像快吐了。戴睿爾和柯費七手八腳的幫我拍背。吸菸簡直像在吸引擎沒熄火的汽車排氣管。我聽到所有人都在大笑。我超想吐的。

為什麼會有人要吸菸？

我往前傾，將頭放在膝蓋之間，等到咳完之後，朝地上吐了幾口口水。

「喔，我的天啊！」我聽見佛瑞迪說。

「上帝！」我聽見西里爾說。

「喔喔喔。」我聽見戴睿爾說。

我抬頭看到底出了什麼事。希望不是巡邏公園的警察出現了，不然我就慘了。

可我看到的卻是一雙發著黃光的眼睛，就在離我們大約五公尺處的下方臺階飄移。那雙亮晶晶的眼睛慢慢的往山坡上移動，越來越近，我們瞬間全石化成雕像，動都不敢動一下。

我們聽到石階上傳來喀嚓喀嚓的聲音。

那雙眼睛的主人看起來很像一隻狗，但牠絕對不可能是狗，牠看起來比較像一隻狼。

牠大概有一公尺高，灰色的毛皮，白色的肚子，還有長長的尾巴。毛很長，非常光滑。兩隻耳朵尖尖的高豎在頭頂。鼻子是黑的，四條腿也是黑的，而且比任何狗都來得長。

牠腳上的爪子也很長，剛才那種令人毛骨悚然的喀嚓聲就是長爪子摩擦石階所發出來的。

那隻像狼的生物走到我們前面大約六十公分處，停了下來。

「這是什麼？」西里爾用氣音問。

牠直直的盯著我們。我希望牠不會吃掉我們。如果牠發動攻擊，我們沒有半點全身而退的機會。牠舔了舔嘴，我可以看到牠在寒冷的夜晚中呼出的氣。

穆罕默德扔了一根薯條給牠。

「別餵牠，穆罕默德！」戴睿爾輕聲說，「你瘋了嗎？」

那隻像狼一樣的生物叼起薯條，大口吃掉，然後彷彿還想要更多似的歪著頭看我們。穆罕默德把整袋薯條丟給牠。趁著牠在大嚼特嚼時，我們慢慢起身，躡手躡腳的爬上臺階，往漢密爾頓高地區的方向移動。

出了公園陰暗的森林區，回到看得到人散步、聽得到車子喇叭聲，而且有街燈的區域，我感覺安全多了。我們離開公園，沿著阿姆斯特丹大道往第一百二十五街走，然後穿過中哈林區。

我們不想給那隻像狼一樣的生物有任何追獵我們的機會。

在晨興大道，我們看到三個美女迎面走來。她們往餐廳區的方向走。三個人的皮膚都是蜜糖色的，其中兩個穿著白色洋裝式大衣，另一個則穿著條紋外套。我們六個男孩全停在街角，看著她們走過去。

她們甚至對我們微笑。「你們好嗎？小兄弟。」其中最漂亮的那個說。

「哈囉。」我們異口同聲的回應。

她們繼續往前走。我相信我聽到那個穿條紋外套的說我們很可愛。

在她們離開後，戴睿爾表現出一副要上前和她們搭訕的樣子。她們的年齡大概是他的兩倍。我還以為他是認真的，但後來柯費叫他趕快跟上，不要再胡鬧，他也就乖乖回來了。

我們一邊走，我一邊用免費的無線網路搜尋，發現我們剛才在公園裡看到的肯定是一隻野生的郊狼。我告訴其他人，大家都不敢置信。

在過去兩年內，警方一共在哈林區抓到四隻郊狼，全送到布朗克斯動物園。我在手機上找到的報導說，這些入侵華盛頓高地區和哈林區的動物，是來自紐約市北方的威斯特徹斯特郡。

地。

因為人類侵入牠們的領土和森林，把牠們趕走，牠們不得已才離家找尋食物和新的棲身之

我猜我們的郊狼選擇了聖尼可拉斯公園當牠的新家。

我不會去向警察舉報那隻郊狼的事。報導上說牠們從未攻擊過人，只是想要食物。還說牠們在城市裡數量極少，如果你遇到了不應該覺得害怕，而要覺得自己很幸運。

我們確實覺得運氣不錯，居然能遇到郊狼。牠讓我們感到興奮，而且興致勃勃。

我們覺得牠既美麗，又有點可怕。

那隻哈林區郊狼應該要自由自在的生活，就像其他人一樣。至少，我認為牠應該快樂的在公園裡過牠的日子。

只不過我再也不會在晚上去聖尼可拉斯公園了。

而且我也絕對不會再吸菸了。

14

喀——喀啦！

過去一個星期，那聲「喀——喀啦！」是我在世界上最喜歡聽到的聲響了。那是社區活動中心大儲藏室的門鎖被打開的聲音。

阿里先生站到我身邊，讓出通道。「好了，華勒斯。」他對我說。我試著越過他，但他伸手擋住我的路。「你還是不打算告訴我嗎？」

「告訴你什麼？」我問。他瞪著我，一言不發。我嘆一口氣，翻了個大白眼。「在杰邁恩死前，他就已經不再和我說話了，可以了吧？我們吵架了。」

「吵架？」

「可以了吧，阿里先生？我們以前一起睡在那個小房間裡，一天到晚都在吵架。可以了嗎？」

他靜靜的站了好一會兒，擋路的手還是沒放下。「這也算有進步。」阿里最後終於說，「談一談會讓你覺得舒服點，向來如此。」

「那麼等你告訴我，你爸把你的臉怎麼了之後，」我對他說，「我就告訴你，我和杰邁恩當時為什麼吵架。」

阿里放下手臂讓我進去，往儲藏室的方向豎起大拇指。「去吧！你的世界在等你！」

就在我慢慢走進去之後，聽到電暖氣開始轟轟作響。溫暖的空氣從牆上的通風口吹出來。我心想，他說得沒錯，這裡的的確確是我的世界。

讓塔樓排成一列是建造城堡時最困難的工程之一。當我一開始在家裡蓋出第一版的莫尼克羅堡時，它看起來很大，但其實並沒有那麼大。

現在我在儲藏室裡望著全新擴大版本的莫尼克羅堡，檢查新的塔樓是否蓋得和舊的一樣高變得越來越難了。比在家裡時要困難得多，因為我的城堡已經擴大了三倍。

行。

我再也不能只用眼睛來猜測高度和寬度。我必須一個一個數、用尺量，以更精密的方法進行。

目前為止，其他參加課後輔導的同學沒有一個知道我在這裡做什麼。除了維加之外。桑妮則表現出一副如果她的「徵信社」沒有找出我一直來儲藏室的原因，她就要爆炸的樣子。

兩天前，我第一次帶維加來這裡時，他簡直不敢相信他的眼睛。

「天啊！羅利，」維加說，「你的城堡！真的好大啊！」

我給他看城堡的牆，告訴他我怎麼在牆上加上城齒。以前我只敢使用小塊的樂高積木，現在有一整個超大的儲藏室可以建造我的夢幻堡壘，所以我也開始使用稍微大塊一點的積木。加上伊凡娜仍不停的帶回更多裝滿樂高積木的大垃圾袋，所以天知道我可以將它建得多大。

我正在建造屬於自己的新世界，而且為之痴迷。

只要和我的樂高世界在一起，我幾乎可以感覺到杰邁恩的存在。就像他真的在這房間裡看著我。我可以完全的感覺到他。

突然間，房間另一頭的暖氣停了下來。

我獨自一人站在這裡，在安靜的環境中，我聽到身後有人，彷彿就在我背後喘著氣。有人站在那裡。

我脖子後的寒毛豎了起來。

是杰邁恩嗎？我心想。

我轉身，看到大蘿絲的臉出現在門口。珍娜小姐忘了鎖門。大蘿絲將門拉開一條縫，她又大又醜的頭從門縫探了進來。

大蘿絲瞪著我，然後瞪著我的城堡，接著又瞪著我。

我用手指著她，警告她趕快離開。

她皺起眉頭，露出不懷好意的表情。我在想她是不是為了辣椒巧克力的事在怪我。說不定她以為我和桑妮狼狽為奸，計劃好一起作弄她。

我往大蘿絲的方向跨出一步，就在這時，我聽到珍娜小姐叫她的聲音。「喀——喀啦！」她順手關上了門，消失在走廊裡。我獨自被留在滿是灰塵的陰暗房間裡，彷彿仍然可以看到她伸長脖子，睜著呆滯的圓眼拚命的窺探。

我覺得我的世界遭到暴徒劫持了。

15

叮！

和我們家前門相對的電梯門打開。我跟在隔壁鄰居杰金斯太太後頭，一起進入電梯。十樓的威廉斯太太已經在電梯裡，還有一個我從沒見過、年紀和我差不多的男孩。電梯門關上後，杰金斯太太才又轉向我，眼神閃閃發亮。

「我的天啊！羅利，」她說，「你長得真快。」

「謝謝，夫人。」我說，將身體重心移到另一隻腳。電梯裡的另一個男孩看都不看我一眼。

這時，我的手機「嗶！」了一聲。我知道一定是維加，他在樓下等我。

「謝天謝地，他們終於修好電梯了。」杰金斯太太對我說，「蘇艾倫好嗎？」

「很好，」我唱歌似的回答，「只是工作太忙了。」

「告訴她，我說她能找到那份工作真是上帝保佑。」

「是的，夫人。」

我很高興在電梯抵達一樓之前，她沒再說什麼。我對老人沒什麼意見，但是我真的不曉得該怎麼和他們交談。七樓之後就沒人再進來，大家在尿騷味的陪伴下到達一樓。

電梯門一開，我立刻看到等在外頭的維加穿著閃亮黑色連帽大衣的背影。他轉過身來，對我大翻白眼。

「天啊，羅利！」他說，「我等了你一世紀了！」

「你太誇張了。」我回道。

我看著另一個男孩從電梯走出來。他在離開前，以彷彿想戳死維加的眼神瞪了他一眼。維加也瞪著他，並且目送他走出大廳，然後才轉過來皺著眉看我。

「我穿著新大衣呢！你還讓我等！」他又抱怨。

「閉嘴，呆子。我們開始行動吧！」

地鐵D線的列車載著我和維加轟隆隆的往前跑。人不多，所以我們兩個之間還空著一張難看的橘色塑膠椅。維加拿出手機，大拇指在螢幕上滑來滑去。

我覺得無聊，便從大衣口袋拿出平板電腦開始塗鴉。我又瞄了地鐵地圖一眼。它就張貼在坐我隔壁、戴著球球毛帽的老頭正上方。

我看著地圖，數著到我們下車前還要再經過幾站。我瞇起眼睛，看著地圖上代表哈林河的那條細細藍線，接著將目光轉向車廂的天花板，想像結冰的河水在我們上方流動。

哈林河是曼哈頓區和布朗克斯區的分界線。地鐵D線則在一條從曼哈頓區通往布朗克斯區的隧道裡運行，不過我從未想過那些在我頭頂上流動的河水。

因為你看不到河，就不會去想到它。

整個紐約市被水環繞，但是沒有人會特別去想這一點。我真的住在一座島上——一座島內的島內的島。

擱淺了。

我嘆了一口氣，想著不知道有多少人死在紐約市周圍的水裡。不管是自己跳進去的，或是被別人推下去的。

從紐約市被開發以來，這裡又死過多少人呢？

天啊！那是很多很多的死人和被埋葬的屍體。

我開始在平板電腦上畫了許多具屍體，然後在它們上面畫了一條河。

我們從布朗克斯區的福特漢姆地鐵站走出來。我不知道為什麼老人家都以「Boogie Down[1]」稱呼布朗克斯區。

「Boogie」到底是什麼東西？和「booger（鼻屎）」差不多嗎？

如果是的話，那也太噁心了。

我把藍色大衣的連身帽拉起來戴在頭上，將大衣披掛在身後。今天很冷，不過我卻覺得身

1 Boogie Down 源自一首描寫布朗克斯區的舞曲歌名，於一九七三年發行，因為大受歡迎，之後便成了布朗克斯區的暱稱。

體很熱。

我花了一點時間才弄清楚福特漢姆路的方向，但維加先我一步在地圖上找到它。我皺起臉，然後我們開始往前走。我的胃有點不大舒服，我猜是因為緊張。

這是很糟糕的一天。

不是個適合來布朗克斯區的日子。

最近不管在哪兒，我都過得很糟。那種糟糕的感覺通常從早晨醒來就開始。即使有時候我醒來時心情輕鬆，但馬上就又會想起來。

杰邁恩。

然後我仰躺在床上，感覺壓在胸口的巨石越來越重、越來越重。

那塊巨石會直接沉入我的胸口，直直沒入我的心中。就像沉入泥沼一樣。

「喂，大蘿絲最近還在儲藏室門口偷窺你嗎？」維加問。

「她試過，但小瓢蟲一直叫她走開。」

「真怪。」他說，「那女孩真的很奇怪，不是正常人。」

福特漢姆路上到處都是人。這條街上有各式各樣的商店和餐廳，就像是布朗克斯區的第一百二十五街。我提高警覺，對身邊每一個人保持戒心，以免有人想要對我們做什麼。畢竟這裡不是我們的地盤。

「喲，老兄，」維加說，「我希望那女孩不會在課輔中心對著你抓狂。」

「抓狂？」

「對，抓狂！你知道她不大對勁。」他用手指敲了敲自己的腦袋，「每天你離開教室去儲藏室做你的哈莫尼時，她總是睜大眼睛看著你的一舉一動……」

我聳聳肩。維加又開始誇大其辭了。

哈莫尼是我給我建造的新城市所取的名字。我增建了更多塔樓和建築物。以莫尼克羅堡為中心，發展出一個小城市。嗯，所有的東西都往外擴展了不少。

我想也該是給這個新城市取個適當名字的時候了，所以我選擇了哈莫尼。

外星大都會——哈莫尼。

我很喜歡這個名字。

我們走在福特漢姆路上，我一直注意著商店的地址和招牌。這條街上的披薩店真多啊！

「我只是想告訴你，羅利，」維加說，「我可不想有一天走進儲藏室，然後發現你已經死了，躺在自己的一大灘血裡。」

我想，維加真是個瘋子。然後我看到了它，就在對街。一定就是它了。維加顯然也看到了，因為他突然間停止碎唸。

我們穿越福特漢姆路，站在黃紅相間、寫著「BLOCK」的大招牌下。招牌下的夜店還沒開始營業，大概還要好幾個小時、等入夜之後才會開門。然後許多人會結伴進去喝酒、開派對，就像杰邁恩十月時那樣。

這間夜店真醜，要是我才不會想來這裡玩呢！我站在冷風中，仔細端詳這棟建築物好一會兒。維加往前走，在人行道的邊緣坐下。我也在他身旁坐下，把手伸進大衣袖子裡，並拉上拉鍊。

突然間，我覺得好冷。

「就是這裡。」我告訴維加。

「對，羅利。」他說，「我還以為警方會將它強制關門之類的。畢竟有人在裡面被殺。」

「我敢和你打賭，如果有人被槍殺，他們就關掉那間店的話，那麼紐約市一定一間店都不剩了。」

「我很遺憾，羅利，老兄。」

「嗯。」我回應。我感覺胸口的巨石又大了一點、重了一點。「就是這裡，維加。就在這裡。這就是那個地方！」

胸口的巨石重到我無法承受，我坐在人行道邊緣，就在維加身旁，扯開喉嚨放聲大哭。

我不知道自己坐在那裡哭了多久，不過在我終於哭完之後，那塊巨石消失了。

然而，我知道它還會再回來。

「另一批樂高快遞！來自伊凡娜．格瑞森公司的禮物！」

伊凡娜不管什麼事幾乎都用吼的。她嗓門很大，簡直和維加不相上下。她在週六走進我的臥室，把裝滿樂高積木的大袋子重重放在地毯上。

「我應該開始向你收費的。」伊凡娜對我說，伸手在我頭頂拍了一下。很痛。

「嗯，謝謝，伊凡娜。」我摸著我的腦門回答。

「你知道我很樂意的，小寶貝，」她說，「你可以用這些積木做點什麼有用的東西，反正塔特爾玩具帝國也只會把它們都丟了。」

「為什麼你們公司要丟掉這麼多樂高？」我問，「數量很龐大呢！」

伊凡娜聳聳肩。「我猜有些已經退流行了，公司的人認為舊款很難賣得掉吧。」

以拿到新的樂高積木來結束很糟糕的一天，倒還算不錯。

我需要更多像這樣的夜晚。

16

「我們來分析一下布朗克斯之旅吧！」阿里先生突然說道，「你去那裡有什麼感覺？」

我猶豫的回答，「悲傷。抑鬱。」

阿里點點頭。「你知道去那裡可能會對你產生的影響，但你還是去了。你很勇敢。」

「我幾乎以為我會看到杰邁恩就站在夜店前面，」我說，「然後他會告訴我和維加，這一切不過是個惡作劇。我還是無法相信他真的走了，這太瘋狂了。」我搖搖頭。

「你們處理掉杰邁恩的床了嗎？」

「還在我房裡。我們不會討論這種事的。」我把玩著鞋帶，將它繞在我的小指上。

「你想要我出面和你媽談一談嗎？」阿里先生問。

我聳聳肩。「我想不要比較好……」

「但她知道杰邁恩的床仍放在臥室裡，對你來說是個問題嗎？」

我仰頭，臉朝天花板，嘴巴張開。和阿里先生談話讓我累極了。

「那不算是問題，阿里先生。我喜歡他的床仍然擺在我房裡。」

「羅利，我並不是在建議你和你媽忘掉杰邁恩，或者拋棄你們對他的記憶。你們將會永遠記得他，在心裡愛著他。但是我認為你們兩個需要以更健康的方式和關於他的回憶建立連結。」

「組樂高積木讓我想起他。而且，我認為那也會讓我想起爸爸。」

「你爸爸還活著。」阿里說，好像我不知道似的。

「是，不過你知道的……」我之前就告訴過他，爸爸很少來看我。爸爸總是在工作、扮小丑、和女朋友們約會。「我開始覺得組樂高時可以感受到他彷彿仍在我身邊，還和媽媽在一起。它會將我帶回很久以前的時光，你知道的，就好像小時候我在客廳玩樂高，爸爸和媽媽一起看著我的舊日時光。」

阿里瞇起眼睛。「有道理。」

「當我組樂高時，會覺得杰邁恩好像也在身邊。」

「珍藏這些美好的回憶，」阿里先生說，「尤其是關於你哥的美好回憶，羅利。但是你必須往前走。你還很年輕，人生要繼續前進，小兄弟。」

「可是如果我前進了，不就會忘掉杰邁恩了嗎？」

阿里想了好一會兒之後才開口，「還是有辦法的。也許找一件屬於他的特別物品，裱起來掛在牆上當紀念。或者將他喜歡引用的名言、他常掛在嘴邊的話寫在筆記本上。你懂我的意思嗎？」

「大概吧！」我回答。

「把不好的情緒從美好的回憶裡抽離。」

我想到那些在老舊理髮店裡的不良分子，還有他們對杰邁恩的影響。要記得他而不想到那間店實在太難了——簡直就像它和他綁在一起一樣。

阿里對我露出一個歪斜的微笑，然後老派的和我擊掌。他瞄了手機螢幕一眼。「吃點心的時間到了。」

「我餓了。」

「我也是。我們先出去吃吧！」

17

外星大都會哈莫尼平穩的在宇宙裡航行。

課輔中心的其他孩子終於發現我的祕密。桑妮不曉得用了什麼方法，居然讓珍娜小姐說了實話。我猜她誘騙了老師。說不定那女孩將來真的會變成一個很厲害的私家偵探，再不然也可以當個警察。

我今天又把功課提早寫完，現在正專心的用純紅色的長方形樂高積木建一棟全新的哈莫尼建築。我打算將這棟新房子當成「低慢」的祕密藏身之處。

「低慢」是來自史旺星的怪物，有一身堅硬如岩石的灰毛。

史旺星人是一群邪惡凶狠的星際壞蛋，老是找其他人麻煩——沒有任何理由，就是喜歡胡作非為。

長期以來，他們不斷騷擾火焰王一族。史旺星人一直是莫尼克羅堡無法根治的頭痛問題。

目前為止，我在儲藏室（或者該說是我的樂高之城房間）建造了將近八十座建築。我將哈莫尼分成三個鎮（或三個社區）：英雄鎮、怪物鎮和普通人居住的一般住宅區。

我聽到背後傳來「喀——喀啦！」的聲音。我知道那是儲藏室的門鎖被打開，有人推開了門。大蘿絲的頭從門縫中伸進來，和我四眼相對。

我僵在原地，右手還拿著兩塊紅色的樂高積木。

在我來得及說或做任何事之前，大蘿絲已經走了進來，抓起一大把樂高積木，移到房間裡離我十公尺遠的地方，一屁股坐了下來。

我蹲在那裡，不知所措的看著她，如果被人看到，一定會覺得我是個呆子。她背對著我坐在地板上，開始動手做了起來。

用的是我的樂高！

我簡直不敢相信。就在我要走過去，換個角度看她在做什麼時，她跳了起來，再次快步跑向我，從伊凡娜給我的大垃圾袋裡又抓了另一大把積木。

接下來的二十分鐘都是如此。她來來回回的偷走我的樂高，拿去儲藏室的另一邊建造她的作品。

她很冷靜，沒有發出一點聲音。我想要走過去看看，可是又擔心她生氣。

我並不怕她。我們年紀相同。我還懂拳擊。在這個社區長大，你不可能不學會怎麼自我防衛。

然而……大蘿絲的體型真的非常龐大，比我大上很多。事實上，回想起我在成長過程中所打過的架，沒有一場對手是女生，而且也沒有對手體型像她那麼大。

所以嘍，雖然我不怕她，但我覺得也許在我走過去之前應該再考慮得仔細一點。

門又傳來「喀——喀啦！」的聲音。阿里先生的頭從門縫中伸出來。他看起來很擔心的樣子，但是在看到裡頭的狀況後，他鬆口氣似的對我「嘿嘿」假笑了兩聲。

「你們還好吧？」他問我和大蘿絲。

她當然什麼都沒說。

我在房間另一頭對阿里先生大叫，「是你讓她進來的？」

「你不反對吧？」他問。

我不想說出真正的想法，只好回答，「嗯，還好。」

他準備關上門。

「她拿走我的樂高積木。」我對他說，心裡開始感到惶恐。

「我看到了。」阿里對我說，「非常好，並肩戰鬥吧！加油！」

就這樣。

這就是大蘿絲入侵哈莫尼的經過。我無法再向阿里抱怨什麼。沒錯，所有的樂高積木都是伊凡娜送我的，但儲藏室卻不屬於我。這和大蘿絲跑進我的臥室，拿我的樂高去玩不一樣。而且還是阿里放她進來的。

莫尼克羅堡遭到史旺星的怪物攻擊了。

我一點都不喜歡。

接下來在課輔中心的幾天過得很緊張。我會一如往常的做好功課，大蘿絲則是看她帶來的小書，然後我們兩個會在儲藏室裡分頭建造自己的城市。

沒錯，她開始在房間的另一頭建造她自己的城市了。雖然就我目前看到的，她的城市絕對沒有哈莫尼那麼好。

我們從不交談。她還是一樣什麼都不說，只是直接拿走我的樂高積木。每隔一陣子，阿里先生或珍娜小姐或桑妮或維加會探頭進來看看我們的進度。大蘿絲從頭到尾一言不發，甚至不曾看我一眼。她只是埋頭苦幹，我也是。

不停的建造。

然而我的感覺變了。組裝樂高再也無法讓我感到平靜，或者讓我想起美好的回憶。我甚至開始編造不出新的太空故事。

就像我說過的，我覺得我的世界被劫持了。

也許她至少帶一組自己的樂高來分享，我就不會這麼在意。也許她在動手之前先問過我。也許她稍微表示感激的話。

她的乏味建築占用了我的資源。如果不是伊凡娜不停的搬回更多裝滿大垃圾袋的樂高積木，我的創作就真的會被大蘿絲給拖慢了。

然而有一天，就在我快完成一座搭建於英雄鎮的新鐘塔時，大蘿絲過來試圖搶走我留在垃圾袋裡的最後幾塊積木。

我看到後，飛快的跑過去抓住垃圾袋的另一頭。

我們兩個就站在那裡，各自抓住裡頭只剩幾塊樂高積木的舊垃圾袋兩端。她把袋子往自己的方向拉，試著將它拉離我的手。我以同樣的力道扯回來，兩人互不相讓。

在這整段時間裡，大蘿絲就站在那裡，低頭瞪著袋子。我想，她是在垂涎剩下的最後幾塊積木。我將袋子拉回來，這一次非常非常的用力，她終於抬起頭來瞪著我，目露凶光，彷彿要我心生恐懼而放手。

但我沒有。

我表情猙獰的瞪回去。我們就站在那裡，大眼瞪小眼。

我將我從萬聖節之後感受到的所有邪惡、所有憤恨全灌注在眼神裡。壓在我胸口上的巨石燃燒融化，從我的眼睛變成兩束雷射光射向她。

我猜大蘿絲感受到了那股熱氣，她彷彿被燙到似的扔掉垃圾袋。

我看著她走到她的小城市旁，背靠著牆坐下，表情緊繃，雙眼通紅，胸部劇烈起伏。她將頭夾在兩膝之間，然後保持這個姿勢，一動也不動。

只有我們兩個人在這個感覺起來太小的大房間裡。在瞪贏她之後，我本來還覺得自己像個拳擊冠軍，但是現在我卻不再那麼痛快了。

我將裝了樂高的垃圾袋放在她面前，再從裡頭拿出一塊積木，讓她明白我的意思，然後轉身將其他的都留給她。

我把拿在手上的那塊放上我即將完工的鐘塔。

我聽到房間另一頭傳來樂高積木碰撞聲，聽起來就像銅板互撞的聲響。我知道她已經把手伸進袋子裡，拿走了最後幾塊積木。

18

當天晚上，我收到另一批裝滿樂高積木的大垃圾袋，而且還想到了擺脫大胖蘿絲的方法。

我一直在觀察她的樂高作品。她組得很快，但仍然在摸索學習。我已經累積了多年組裝樂高的經驗。我看到她在過去幾天犯下的錯誤，其實在我小時候剛開始玩時也犯過。

我絕對可以贏過她。

光是想像就讓我覺得好極了。嗯，也許我不應該用「好」這個字，「好」並無法貼切的形容出我的感覺。

應該說，光是想像就帶給我不一樣的感覺。

自從萬聖節後，我注意到將我的恨意發洩在其他人身上，會讓一直壓在我胸口的巨石稍微鬆動。當一個邪惡的人不能讓那塊巨石消失，卻可以讓我暫時不在乎它的存在。

就像我聽到課輔中心的其他同學取笑大蘿絲、給她取不雅綽號時；就像我用難聽的字眼叫她時；或者就像我告訴海克起居室裡有老鼠時。

這些時候我就會暫時不在乎胸口的巨石。讓大蘿絲痛苦，會讓我內在的感覺變得更疏離，更不像一個有血有肉的真人。

但是我的心裡卻越來越害怕，害怕我會變得越來越……邪惡。

大胖蘿絲在儲藏室的另一邊組裝一堵歪斜的牆。

「大蘿絲！」我大喊。

她轉頭瞄了我一眼。

「過來。」我說。

她不理我。我踩著咚咚咚的腳步走到她身邊。我冷眼旁觀她的動作，過了一會兒後，我蹲下來。

「大蘿絲，儲藏室不夠大到可以讓我們兩個同時使用。」我壓低聲音說，以防阿里先生在門外偷聽，但她只是繼續疊著樂高積木。「我知道你聽得到。你其實並不像你想要大家以為的那麼笨。」她停下手上的動作。「我看到你每天在閱讀的小書。」

大蘿絲轉過頭來，但迴避我的目光。

「這是我的儲藏室，」我輕聲說，「是我想出向阿里要求使用這裡的點子。這些全是我的積木。」

她眨眨眼。

「但我看得出來你是那種非不得已絕不退讓的人。」我傾身靠向她，「在這個房間裡，你可不是唯一的惡霸。」

我覺得自己彷彿是饒舌歌手圖派克．夏庫爾那樣的壞胚子。

她又開始疊積木。我抓住她的手，強迫她停下。她用力甩掉我的手。

我望向門口，確定阿里先生不會出現，然後繼續說：「現在該是我們了結這件事的時候了，胖子。你和我，我們來比賽。懂嗎？比賽。」我的膝蓋開始發疼，於是我站了起來。

大蘿絲也跟著站起來，嚇了我一大跳。我不喜歡這個發展，因為現在變成她俯視我了。她至少比我高了十五公分。我雙手抱胸，試著裝出硬漢的樣子。我早就學會當遇到比我更高大的人，表現得不為所動是唯一的辦法。

大蘿絲也學我雙手抱胸，低頭瞪著我。

「嗯，」我說，「關於我們的比賽，你知道塔特爾玩具帝國那隻綠色的巨龍嗎？在他們的中城分店？」

大蘿絲點點頭，將目光移向地板。

「那隻巨龍至少有六公尺高，而且完全是由樂高積木組成的。天知道它用了多少塊樂高積木。事實上，建造那隻龍的人大概是個樂高大師。就我認為，在這個屬於我的樂高之城的房間裡只能容得下一個樂高大師。」

我以強納森先生的那種方式在身體周圍揮動雙手。大蘿絲繼續瞪著地板。我想她應該還在聽。

我不再壓低聲音，改用正常音量說：「我們來比賽，看誰能在這個房間裡建造出最高的塔樓。一座由樂高組成的塔樓。明天課後輔導時開始。先將塔樓建到三公尺的人就贏了！輸的人永遠不能進來我的樂高之城房間。」

我朝她伸出手。她等了好一會兒才和我相握。大蘿絲的握手很有力、很堅定，只是她仍然不看我的臉。

可惜她不知道她惹到了誰。

菜鳥，我心裡想。我可是個貨真價實的樂高大師呢！我對她露出我所能展現最邪惡的笑容。

在我們的三公尺塔樓競賽的第一天，大蘿絲比我還早進入儲藏室。當我完成數學老師林小姐出的十進位功課時，大蘿絲已經蓋完她的第一層塔樓。

我走進去時，她甚至沒有和我對視。

我可以看得出來，她很看重這次的比賽。她不想被踢出我的樂高世界、我的樂高宇宙。

我從媽媽的衣櫃裡拿了捲尺，用來測量並記錄我們的塔樓高度。我知道大蘿絲沒辦法組出任何三公尺高的成品。她還沒有足夠的技術。

她不是樂高大師。

她只是個冒牌貨。

我埋首建造塔樓。

我們還有很多樂高積木，但我猜我們兩個到最後很有可能必須拆掉一小部分各自的樂高城，才有足夠的積木完成高塔。雖然現在還沒到那個地步，但是那很有可能會發生。

我決定將塔樓命名為「火焰塔」，以此向我的王國統治者——火焰王致敬。當國王陛下需要沉思或思考星系對策時，便會獨自一人去火焰塔。

在我心裡，火焰塔其實不是三公尺高，而是三萬公尺高。我仰望儲藏室的天花板，想像火焰塔穿透到更高的天空，被白雲、星星圍繞的樣子。三萬公尺高的建築在外太空昂然豎立。它將會成為人人欣賞、甚至嫉妒的奇蹟之塔。

比賽第二天，我決定要火力全開。我的塔樓進度不錯，問題是不管我疊積木的速度有多快，大蘿絲硬是比我更快一些。

我並不擔心。她不可能一直保持這樣的速度。她還是菜鳥，我卻有豐富的經驗。

我沒有把我和大蘿絲打賭的事告訴任何人。我想過要說出去，但仔細一想那樣做很有可能會引來一群看熱鬧的人，而在沒有其他課後輔導的同學指指點點的情況下，這件事就已經夠讓我緊張的了。

比賽第二天結束時，我拿出媽媽的捲尺，記下我們倆到目前為止的成績。大蘿絲的建築物幾乎有一百二十公分高，火焰塔則還不到九十公分。

聽到這個消息，大蘿絲沒有任何反應，只是拿起她的一大疊小書，轉身離開。

我希望我可以趕快追上她。大蘿絲的塔樓比我的高出差不多六十公分，我不能讓她打敗我。這房間可是我的樂高之城。

火焰王才是一切的統治者。

今天是三公尺高塔比賽的第三天，我的心情非常急躁。維加和桑妮坐在地板上，一邊咯吱咯吱的咀嚼燕麥棒，一邊看著我們兩個拚命疊積木。

大蘿絲的塔樓已經高到她必須站在儲藏室的梯子上才能繼續搭建，而且得開始拆掉她城市的部分建築來為塔樓增高。

我的火焰塔也有不少進展，但仍然遠遠落後。

我開始有一點點擔心。

我心裡想，我絕對不要輸給這個笨女孩。

我通常很喜歡良好的競爭。我覺得是因為在我成長的過程裡，媽媽故意和我們進行很多比賽，讓我對競爭上了癮。她總是和我一起打鬧、一起玩摔角……

我最喜歡的是我們的故事大挑戰。那實在非常好玩。

方法很簡單。我和媽媽會躺在她的床上，她會從她的推理小說裡選一本朗讀。通常是福爾摩斯，不過有時候也會唸點別的。

當她唸到書中某個段落時，會停下來轉頭看我。「你怎麼想？羅利？」媽媽會問，「你會怎麼想？」

然後我會在腦袋裡將故事繼續發展下去。我會編造出接下來發生的事，大聲的告訴媽媽。過了一會兒，輪到媽媽時，她會從我停下的地方開始編出新的情節。

我們會來來回回的往下編，直到媽媽說我們該睡了為止。

媽媽總是把為故事收尾的機會讓給我，而我超愛的。這些故事大挑戰很好玩，我們應該再開始玩才是。

在房間的另一邊，大蘿絲動作迅速的進行著。她似乎永遠都不會累。我從不知道有人可以把樂高積木疊得像她那麼快。

我一定要加快速度了。

比賽的第四天帶著死亡的味道。

失敗。

前一晚，我量了塔的高度。大蘿絲的接近兩百七十公分，我的才兩百一十公分。

我們兩個現在都站在梯子上，分立於儲藏室的兩邊。大蘿絲依舊火力全開的在疊積木，我也一樣。

然後還有許多討厭的圍觀群眾。不知道為什麼，珍娜小姐開始放課後輔導班的人在做完功課之後進來儲藏室觀戰。

大家隨意的四處走動，看著我和大蘿絲比賽，不時發表他們的看法，預測誰會贏。他們甚至在房間裡吃點心，搞得好像在開什麼派對似的。

大蘿絲可能會贏的想法讓我害怕極了。我真的不希望她贏，不希望自己在眾目睽睽之下被禁止進入我的樂高之城。但是，這確實有可能發生。

我開始想，不知道大蘿絲是否願意取消比賽。也許達成休戰協議之類的。

不行。

我決定我不能放棄。如果她真的比我好，那麼她就必須證明。從開始一直到終點，完完整整的做完，證明她真的比我強。

直衝天際的三萬公尺！

我們分別拆了自己城市的一整個區域，而且也將拆下的積木全用光了。我不得不從我的兩個社區——勝利之地和次民之地——拆掉部分建築。我非常不願意這麼做，可是沒有辦法。

還有我的兩邊肩膀開始痛了起來，很劇烈的疼痛。我站上梯子更高的那一級，讓自己能夠觸摸到火焰塔的頂端，動手排上另一層積木。

我咀嚼著桑妮給我的巧克力好增強體力。

珍娜小姐咬著她粉紅色的指甲看著我。

我看到房間另一頭的大蘿絲急急忙忙的從梯子頂端爬回地板，快步跑向她的城市，開始拆掉更多積木好拿去造塔。

我必須老實說，她真的表現得很好。即使我認為她在塔頂用了過多尺寸較大的樂高積木，而在底部卻用了太多尺寸較小的，但是它仍然穩如泰山。

昨天我看著她的作品，老是覺得很眼熟，我知道我之前看過，可就是想不起來在哪兒見過。然後我發現大蘿絲蓋的是真實世界裡存在的建築物。我利用手機搜尋，在看到照片後不禁搖頭。

世界貿易中心一號大樓[1]——美國最高的建築。我忍不住又搖了搖頭。

現在我看著她拿了更多積木，踩著咚咚咚的腳步走回她的梯子。我開始覺得自己真的會被打敗……我在想如果……

就在此時，房間裡突然響起熟悉的巨大震動聲。從我來這裡建造城堡的那天起，同樣的噪音不時出現。

---

1 One World Trade Center，九一一事件後在世貿原址興建的建築，又稱自由塔。

牆上的暖氣出風口開始噴出熱空氣，而超大出風口正對著大蘿絲的自由塔頂端。一直到今天，她的塔的高度才跟出風口齊平。

整個房間裡的人全望向她的塔。

它開始搖晃。

往前搖、往後晃、往前搖、往後晃、往前搖、往後晃。

我站在梯子頂端，低頭瞪著大蘿絲。她張開嘴，看著自己的塔越來越晃、越來越晃。

「它在搖！」戴瑞爾B大叫。

「喔，不！」珍娜小姐驚呼，用手遮住雙眼。

花不了太多時間的。

果然，她的創作終於傾向一側，然後畫了一個完美的弧形倒在地上，形成了極為壯觀的樂高大爆炸。每個人都嚇得往後跳開。而且她的自由塔不只整個垮掉，更糟的是，當它倒下時，正好不偏不倚的倒在她的樂高之城剩餘的部分上。

地板上到處是噴濺的樂高積木。

大蘿絲毀了。她的臉漲得通紅，緊緊閉上雙眼。

「我贏了！我贏了！」我站在梯子上大叫。我開心得不得了，忍不住跳起來。當我雙腳重新踩在梯子上時，其中一隻腳滑掉了。

我差點從高兩公尺多的梯子上摔下來。我連忙用右手抓住梯子，為了保持身體平衡，我的左手不自覺的甩出去，碰到了火焰塔。

「喔！」我大叫。

我的火焰塔沒倒。我張開左手手掌抓住它，阻止它搖晃。我小心的讓兩隻腳穩穩的踩在梯子上，告訴自己千萬別發抖，繼續扶著我的高塔。

「羅利，放手，下來！」珍娜小姐命令道。

我害怕聲波可能會讓我的作品晃動，所以不想回話。雖然我已經又穩穩的站在梯子上，卻不敢鬆手放開火焰塔。我不想讓它再度開始搖晃。突然，我聽到下面有人在竊笑。

原來是大蘿絲。她跑過來，站在我的梯子下，表現出一副非常高興的樣子。

「幫幫我！」我終於開口。可是沒人知道該怎麼做。我繼續扶著我的高塔，穩住它。「維加，幫幫我！」

他抓抓他的頭。

大蘿絲露齒微笑，聳聳肩。

事實上，他們也沒辦法做什麼。他們沒有任何方法可以幫我。我一隻手扶著我的塔，一隻手抓住梯子，以這種姿勢站在原地至少超過了十五分鐘。

我的肩膀和雙臂都在痛。

大蘿絲現在盤腿坐在地板上，抬起頭對我微笑。

「下來，羅利，」珍娜小姐又說，「你的塔很穩了。」

我閉上雙眼，戰戰兢兢的，左手慢慢放開火焰塔。看起來似乎沒事。我鬆了一口氣。

可就在這時，我注意到塔微微的晃了一下。

幅度非常微小的左右搖晃。

我不斷伸手試著去碰觸它，想讓它穩定下來。然而每一次我輕觸塔側，總是讓晃動更加嚴重。它開始前後搖晃起來。

往前搖、往後晃、往前搖、往後晃、往前搖、往後晃。

最先崩塌的是塔底。彷彿有人從下面踢了一腳似的，塔底滑向一邊，然後塔頂傾斜翻倒，而我想成為樂高之城的大師夢也跟著垮了下來。

「不！」我大喊，閉上雙眼，「火焰塔！」

所有人又不約而同的往後跳開。等到最後一塊積木發出的回音在儲藏室裡靜下來後，我環顧四周，看起來還真像有個樂高巨人在這裡嘔吐了。

「出了什麼事？」我聽到阿里先生大叫。他站在走廊，怒目瞪視著裡頭的一片混亂。

我無話可說。好笑的是，我的塔倒塌反而讓我感覺輕鬆了些，讓我胸口上的巨石稍微融化了一點。我不知道為什麼。

「華勒斯，」阿里說，「我想我們應該再好好聊一聊了。」

在那之後，我唯一能聽到的只有大蘿絲迴盪在整個房間裡的掌聲和咯咯笑聲。她顯得容光煥發。

開心得不得了。

19

接下來的星期天早晨，我和維加到第一百三十四街的活動中心打球。我有時滿討厭和維加打籃球的，因為他總是防守得太用力，但輪到你防守他時，他就會開始抱怨個不停。就像個特大號的小嬰兒。

當他輸的時候就變得更難搞了。他會表現出一副好像沒有贏你，世界就要毀滅的樣子。總而言之，他把打球的輸贏看得太嚴重了。所以我今天故意放水讓他贏。

打完球後，在我們走回家的路上，維加問我關於大蘿絲的事。自從她闖入我的地盤、開始用我的樂高造城已經過了好幾個星期，但我們兩個眼睜睜看著自己的塔在面前倒塌卻不過是上星期的事。

即使火焰塔存活的時間比她的自由塔多了幾分鐘，但兩座塔都沒有達到三公尺的高度。因為我的塔倒下的時間較晚，我想我們之間的比賽應該算我贏吧？但她的塔在暖氣出風口將它吹毀之前卻又比我的高，所以其實我不曉得到底誰才算是勝利者。

現在我們依舊待在樂高之城的房間裡繼續組積木。

不過關係不再那麼緊繃。事實上，她開始會偶爾對我咕噥一兩句。不是整句話，只是幾個我勉強可以辨認的單字。

事實證明她是會說話的。

「真是個充滿疑點的謎團啊！」維加一臉正經的說。

我們往南走到第一百三十街，轉往西邊橫越哈林區。一個穿著深藍西裝、手拿真皮手提包的男人站在人行道上。他的西裝裡甚至穿著背心，不過是深灰色的，不是一整套。他看了看手機，對我和維加微笑。

「哈囉。」他開口。我們點點頭。

就在此時，一輛黑色跑車開過來，駕駛是個很漂亮的女人。他親了她一下，然後上了車，揚長而去。

我在想，不知道他們要去哪兒。

我和維加繼續邊走邊聊。他拿著我的籃球在兩腿之間運球，但每隔兩、三步就會失控。有一次他還讓球彈跳到馬路中間，一輛巨大的紅色悍馬車急轉方向盤避開，對我們罵了髒話後才踩下油門離開。

維加跑過去將球撿回來之後，我一把搶過來，順便賞他一個大白眼。我們沉默的走過一個街區，他才又找到話題開口。

「為什麼你不乾脆把她踢出去？」他問我。

「大蘿絲嗎？」我說，「那個地方又不屬於我，我怎麼能把她踢出去？」

「可是那些樂高積木都是你的啊！」

「如果我這麼做，阿里會生氣。是他放大蘿絲進來的，我不知道為什麼，但是如果我惹惱了阿里，他很可能就不會讓我在儲藏室裡組樂高了。」

維加揉著他的額頭，仰頭望著太陽。陽光很大，在冬天快結束時總會有幾個像今天這樣熱得不得了的日子。

「為什麼這麼熱？」他問，「二月才剛過呢！」

「是啊！」我說，「我們走過去對面吧！」

我們快跑橫越馬路，跳過分隔島。一群年紀比我們大一點的青少年聚集在對街角落的酒吧前，我飛快掃視確認是否有敵人的蹤影，還好沒有。

其中兩個男孩在販毒。另一個坐在消防栓上唱歌：

我相信很快就會有人為我報仇。
如果他們埋了我，不用擔心，

我聽到歌詞，馬上認出是圖派克．夏庫爾的經典之作。杰邁恩總是說圖派克．夏庫爾的歌寫出了這一區每個年輕黑人的心聲，但是我以前並不相信。

「你覺得你將來會加入幫派嗎？」和那些人拉開距離後，我問我的朋友。

「我？然後被槍殺嗎？那有什麼好處？媽咪一定會很傷心。不過我表哥費瑞多大概不這樣想。我甚至不喜歡槍。你呢？你會嗎？」

「我太喜歡以自己的方法做事，沒辦法加入。如果你加入幫派，他們說什麼你就得做什麼，而我不會去做別人叫我做的事。除非那個別人是我媽、我爸，或是伊凡娜。」

維加取笑我。「還有你的心理醫師——阿里先生。他的臉長那樣，看起來比伊凡娜更可怕。

我真希望我媽咪也交個一天到晚帶禮物給我的女朋友。」

「什麼？」我問，「你希望你媽媽是同性戀？」

維加大笑。

突然間我想起一件事。「維加，我知道她想做什麼了。」

「我媽咪嗎？」

「不是，呆子，是大蘿絲。」

「你認為她殺人後會分屍嗎？」

「我知道她想建造什麼了。天啊，你到底有什麼問題？她在建一個和真的一模一樣、小型的樂高版聖尼可拉斯社區。她在蓋我們住的地方！」

維加睜大雙眼。

「沒錯。」我繼續說。

「她大概把她埋屍體的地點都標示在上面。」他說。

我不理他。「她還沒做完，但她已經在她的樂高之城裡複製了社區裡每個小細節。」

「你指的是你的樂高之城吧，兄弟？」維加說，「所有的積木都是你的，是伊凡娜帶回來送你的，不是送那個大頭女孩的。」

「我知道。不過我必須承認，她的組裝技術好到讓我大吃一驚。這可不是開玩笑的。而且有人和我一起待在儲藏室裡還是不大一樣，雖然她總是在房間的另一頭做她自己的事，卻讓我有一種好像我們是在一起合作的感覺。」

就在我們快走進聖尼可拉斯社會住宅前，維加突然愣住，停在人行道上。我繼續往前走，滿臉疑惑的回頭看他。

我看到「水泥」在中庭徘徊。十幾個警察包圍著他，而他仍不放棄，一直在說服警察放他走。我決定避開他們。

維加追上我，臉上掛著大大的笑容，笑得像個白痴。

「你愛上了那個醜女孩，」他告訴我，爆出一連串笑聲，「我剛剛才發現的。」

「完全不是那回事，兄弟，」我說，「你就會胡說八道。我甚至不喜歡那個科學怪人，她根本是頭野獸。」

維加簡直無知到令我難以置信。

「等等！」他說，「那裡躲著的不是你另一個女朋友桑妮，還有艾佩兒嗎？」

我望向他指的地方，看到兩個女孩躲在社區草坪的一棵大樹後。很難看得出來她們在躲誰，但絕對不是我和維加，因為她們還沒看到我們。

我們還來不及對她們大喊，她們兩個就跳起來往相反的方向跑，然後消失在轉角處。

「你看到了嗎？」維加問。

我們走到她們的藏身之處，但是什麼都沒找到。不過維加注意到六、七公尺外的地上躺著一個翻過來的厚紙箱。那個紙箱居然在移動，從左向右滑過草地，然後又往左滑。不過我們看不出來它是被風吹動，還是自己在移動。

維加一腳踢翻那個厚紙箱。一隻瘦巴巴的紅色小雞拍著翅膀從紙箱下面現身，四處亂跳，擺出一副想啄我們的姿態。但維加一接近，試圖去抓牠時，牠立刻轉頭就逃。那隻生氣的小紅雞跑得飛快，一轉眼就鑽進九四○○棟旁的灌木叢裡，消失無蹤。

我們決定放棄，轉身走回自己的大樓。

在回家的電梯裡，我們兩個都沒說話，各自在想我們剛才到底看到了什麼。最後，就在我們離開電梯踏上七樓前，維加說：「我猜那兩個女孩說她們在當偵探的事不是在開玩笑的。」

他又爆出一連串的笑聲，然後我們回到我的臥室一起吃水果軟糖、打電動玩具。

20

過去的兩個星期，在樂高之城的房間裡，我們複製了一個城市，進化了另一個城市。

我用「進化」這兩個字，因為那是唯一適合我的城市狀態的描述了。我的建築和都市計畫不停的從腦袋裡衝出來。我只是埋頭一直蓋，試著不去想背後的故事，感覺就好像我在寫什麼饒舌歌詞之類。

我的城市邊界超過六公尺，而且還在成長。蘿絲的城市比我的小一些，不過她花了許多時間為她的城市增建不少真實存在的細節。

我猜我和蘿絲之間也進化了。我們開始有了溝通。

過去這段時間，我們開始告訴對方自己在建什麼，也分享新的點子。

她有時會暫停手上的工作，走過來看我在組裝的東西。我有時也會那麼做。

在我們的比賽以大爆炸收場後的那個星期，我和阿里先生一起走到聖尼可拉斯的中庭花園。圓形的中庭占地寬廣，周圍擺了不少長椅，到處都是樹木。

那天的天氣不壞，所以我們在那兒吃點心、聊聊天。我撕下一小塊起司三明治，丟向一群毛皮黑灰的松鼠。

阿里問我一個問題，「所以你不介意嗎？她也在儲藏室裡組樂高？」

「有差嗎？」我問。

「每件事都會形成差別。人生就是由差別和選擇組成的。我只是很高興你們兩個沒在裡頭殺了對方。」

我露齒微笑。「沒那麼糟啦！不過我還是很想要回屬於我的地方。」

「你知道嗎？蘿絲也需要屬於她的地方。」他沉默了好一會兒，「當你和她溝通時，請有點耐心。像她那像的女孩，嗯，雖然她們一開始面無表情，都不會笑，但那不表示她們真的不友善。」我瞇起眼睛看著阿里先生。「耐著性子，努力嘗試和她建立關係，因為她需要比較久的時間才能明白你想說什麼……社交、肢體語言那一類的。你明白嗎？」

我點點頭。

「她那一類的人不大會處理情緒。」他說。一隻松鼠咬住麵包一角，跑到一張長椅下。「你和你的情緒處得還好嗎？你之前老是掛在嘴上的那些負面想法？」

我什麼都沒說。阿里仰頭望向我們四周圍繞著空地的高樓大廈。他瞇起眼睛看著其中一棟的樓頂，彷彿正在回想什麼事似的。

「有負面想法的人並不只有你，年輕人，」阿里先生說，「對你擁有的一切要心存感謝。」

我不明白他在說什麼。到目前為止，我看不出來像我這樣的人生有什麼好感謝的。

我的眼睛跟隨他目光的方向，卻發現他在看的不過是聖尼可拉斯社會住宅裡十三棟建築中很普通的一棟。

不過是尋常的鋼筋水泥。

今天我一邊看蘿絲專心用樂高積木蓋出我們居住的社區縮小版，一邊還在想阿里到底想表達什麼。有時候他的話真讓人摸不著頭緒。

蘿絲蓋完我們的住宅大樓後，開始動手建造周圍的建築物。我不知道她怎麼能記得所有建築的外觀，而且還能蓋得這麼像。

這簡直就是我們社區的一幅立體地圖，甚至包括了附近的塑姆堡中心、哈林區的基督教青年協會和其他建築。

這天下午，阿里先生和珍娜小姐把課輔中心所有孩子都帶來儲藏室，好讓每個人對我們的進度指指點點。自從上回的高塔大地震後，我們已經完成了不少修補工作。

而且我之前問過阿里是不是可以讓同學試玩我發明的「大師遊戲」，那是利用我的外星大都會哈莫尼當成背景的立體桌遊。

課輔中心的同學魚貫走入。

他們圍在哈莫尼城的四周。我向他們解釋城裡的英雄鎮、怪物鎮，以及其他的設定。我也告訴他們關於我編造出的莫尼克羅堡的歷史。

大部分的人都仔細聆聽。

真酷。

我相信多數的孩子比較喜歡我的城市，不過奎特莎和戴瑞爾B卻站到蘿絲的聖尼可拉斯縮小版地圖那兒。他們不敢相信她居然能蓋出那樣的東西，不停的問她問題。她拒絕和他們有任何目光接觸，但會用一、兩個字簡單的回應問題。她甚至一度想辦法擠出微笑，雖然只持續了半秒鐘。和她來往真的真的很需要耐心，而且最好不要問太多問題。如果你問她太多問題，即使只是「你是怎麼做的？」之類，也會讓她封閉自己。

所有的孩子似乎都很喜歡我的「大師遊戲」。

「大師遊戲」是在我開始重建哈莫尼時想到的，用我創造的一個宇宙角色「大師」來命名。他有一雙閃閃發亮的眼睛，既非英雄也非怪物，獨自居住在英雄鎮外的一個小島上。

我和珍娜小姐事先將所有會用到的文字和數學問題寫在一疊卡片上。要玩這個遊戲，你必須先擲骰子，然後拿著你的大尺寸遊戲角色穿越我在哈莫尼上建好的格子。

我在課輔中心的玩具箱裡找到一堆舊的塑膠人形玩具，很適合拿來充當遊戲角色。

我將所有人分成英雄組和怪物組，每個人輪流擲骰子，拿著自己的遊戲角色在哈莫尼的不同區域裡數格子移動。

如果你停留的樂高格子上標示著「陷阱」——流沙、落石或火山熔岩之類，你就得翻開一張卡片，回答上面的問題。答對了，你可以得到分數，留下來繼續玩；答錯了，你就死了。

得到最多分數或先走到大師之島的那一組將贏得勝利。不過，如果你先走到大師之島，那麼就有另一套全新的、更難的題目等著你，等到順利回答所有問題後才算擊敗了大師。

桑妮在第一次移動她的角色後發出慘叫。

她被分到怪物組，我給她的角色是戰爭女巫華莎。在我的想像中，華莎的皮膚是綠色的，身穿一件很酷的紅披風，但是在玩遊戲時，我選了一個舊的黑人芭比娃娃來代表——畢竟也找不到其他更好的選擇了。

桑妮丟出骰子，結果走進火山熔岩裡。然後，她必須在五分鐘內解出她抽到的數學題目，否則她的角色就會死掉。

結果，她死掉了。

可憐的華莎。

珍娜小姐建議我將時間延長為十分鐘，而不要規定他們得在五分鐘內算出數學答案。我告訴她我會考慮。

這些孩子真的需要用功一點。

當大多數課輔中心的孩子都聚集在哈莫尼周圍玩「大師遊戲」時，我走向雙手抱胸、靠在遠遠那頭牆上的蘿絲。

「他們喜歡我們建造的城市。」我告訴她。

「對。」蘿絲說。

「那麼我們應該繼續蓋下去。」我說。

她以極快的速度點頭。「他們喜歡你的遊戲。」她說。蘿絲用手背抹了抹鼻子，看著我從橘色背包拿出一本書。

「我之前沒給你看過這個，不過我們討論過。」我說著，將厚重的大本精裝書遞給她。她小心的伸出雙手接過去，低頭凝視封面。

「《建築設計》，」她大聲唸出來，「世界上最偉大的建築。」

「對，那是我朋友史蒂夫送我的耶誕禮物。」

她又很快的點點頭。「我知道，看起來很棒。」

「沒錯。我打算這個星期六坐火車到中城區，去看看書上提到的幾棟建築物。我想好好觀察它們。既然你也喜歡，不如一起去吧？你可以幫我一起找。」

蘿絲凝視脣膏大廈的照片好久好久，接著沒有抬頭看我，只是很快的再次點點頭。

「喔，好。我還以為你會不想去呢！那麼我們星期六在地鐵四號線碰面。」

我還來不及多說些什麼，背後傳來了另一個女孩的聲音。「你從來沒有約我在課輔中心之外做任何事，羅利。」那個聲音說道。

我轉頭。桑妮站在那兒，艾佩兒站在她身後。

「什麼？」我說。

「喔，你真是個傻瓜……幼稚鬼……」桑妮大喊，「穿椰子殼的蠢蛋！」

她瞇起眼睛看著我，然後看向蘿絲。蘿絲也看著她，然後發出響亮的笑聲。我根本來不及回應，桑妮就已經跑離儲藏室了。

我有點為桑妮感到難過。

但我不知道為什麼。

今天伊凡娜休假。

趁她在家裡等媽媽下班時，我和維加說服她陪我們走去第一百二十五街的玩具店。她同意了，而就在她同意的那一秒，我知道我一定能讓她答應幫我的新電子遊戲主機買一片新遊戲。

要說服伊凡娜其實很簡單。我猜是因為她覺得對我好會讓媽媽更愛她吧？

我們在店裡逛了好一會兒。我和維加不停的拿各式各樣剛上市的新遊戲給伊凡娜看，她把每一個盒子都翻到背面看看標價，然後再將它扔回架上。

過了好一會兒，她決定從二手的箱子裡買兩個遊戲給我。我讓維加選擇，因為其實大部分的時間都是他在玩。就在我們要離開玩具店時，伊凡娜收到我媽媽傳來的簡訊。

「走吧！孩子們，」她一邊看手機，一邊對我們說。「我們在Applebee's和蘇艾倫碰面。我請你們吃晚餐。」

我愛Applebee's。

而伊凡娜則愛帶我們去Applebee's。我喜歡它的主要原因是它就像真的餐廳一樣，會有服務生過來桌邊問你要點什麼。去那裡吃飯對我們來說是件大事。

我和伊凡娜、維加在餐廳的沙發座坐下，先點了一些汽水、薯條消磨時間，等媽媽前來會合。我知道等她終於趕來時，肯定會因為當保全人員站了一整天而餓得要命。

「你媽媽告訴我，這個週末你要和女生出門。」伊凡娜突然冒出這麼一句。

我聳聳肩，吸了一口橘子汽水，試著迴避維加的目光，但是我可以感覺到他正在上下打量我。我抬起頭，假裝研究垂掛在餐廳天花板的愛爾蘭矮精靈紙製裝飾。

一陣刺骨的冷風從打開的門吹了進來。雖然已經三月了，但天氣居然又變得非常冷。

「你說的女生是桑希妮．狄克遜．耐特？」維加很大聲的問伊凡娜，「還是大蘿絲？她才是羅利真正的女朋友。他們將來要在儲藏室裡結婚，然後生很多大頭的特殊寶寶。」

維加大笑，百事可樂從他的鼻孔噴出來。

「維加！」伊凡娜大喊，把紙巾遞給他。他還是笑個不停。伊凡娜揚起一邊修得細細的眉毛，看著我說：「她是你的女朋友嗎？我的好奇心想知道答案。」

「對，羅利！」維加咯咯笑道。

我一掌打在他的後頸上，然後我們開始在沙發座裡推來打去。

21

今天沒有前幾天那麼冷。

我很開心，因為早上和下午大部分的時間我們應該都會在戶外走動。我還很睏。如果不是那隻雞一大早叫個不停把我吵醒，我大概就會睡過頭了。

我猜那隻瘦巴巴的小紅雞還在聖尼可拉斯社區裡到處亂跑吧？

牠在黎明破曉時的啼聲也把媽媽吵醒了。一如往常，她週六都會在布魯克林區上一整天的班。我很喜歡這樣，因為她週六整天不在家，代表我可以想做什麼就做什麼，不用聽她在旁邊唸這個不行、那個不行。

她的工作日就是我的自由日。

我的探索日。

我聽到背後有人呻吟，轉頭看見一個西班牙裔的男子半蹲在牆壁前面。他有時會表現得像是需要坐下的樣子，但卻始終神色迷茫的維持著同樣姿勢。

他身處在用藥物建立起來的世界裡，沒有人知道他已經那樣多久，連自己是誰都不記得。

我站在哈林區第一百二十五街和萊辛頓大道的交叉口。這個街角一定是全紐約瘋子密度最高的地方。

百分之百是。

爸爸曾經告訴過我，這裡之所以會這麼瘋狂，是因為聚集了各式各樣的人。附近有好幾間專供剛出獄的更生人居住的中途之家，還有不少幫助嗑藥成癮的人戒毒的勒戒診所，除此之外，將人們送到遊民收容中心的市公車站牌也在這裡。

所有運氣不好的人全都聚集在這裡，讓我每次走過這個地方時都有點膽戰心驚。

「喂，年輕人！」有人大喊，「我在叫你呢！小兄弟！」

我轉過去，和一個只穿一件髒兮兮藍色風衣的老頭子四眼相對。沒錯，今天是比之前暖和許多，可是還沒暖到可以只穿一件舊風衣，畢竟現在連攝氏五度都不到。

「什麼事？」我對他說。我開始掃視經過我們身邊的匆忙人群，大多數的人都是小跑步的鑽進地鐵站，心急的趕去別的地方。

「你有一塊錢嗎？」穿風衣的老人問我，「我想買杯咖啡。」

我將口袋裡的銅板掏給他。「我只有這麼多。」

「年輕人，上帝保佑你。」他喃喃說著，鞠躬離開。

我又瞄了一眼手機螢幕上的時間，已經超過十點很久了。我等得很不耐煩，將手機插進牛仔褲的後口袋裡。

「年輕人！」又有人大叫。

一開始我以為是那個穿風衣的老頭又回來乞討更多錢，但隨即一想，就發現不可能是他，因為聲音不一樣。

這次的聲音年輕許多。

我轉頭望向聲音的來源，先前壓在胸口的巨石又撲通的落回我心上。和我四目相對的居然是哈伯——從耶誕前夕就跟蹤我好幾次的那兩個傢伙之一。

我一言不發，轉身就跑。

然而蓋利卻不知從哪兒冒出來，擋住我的去路。他不懷好意的推著我，然後瞄了一眼我們周遭的人群。

「過來！小朋友。」蓋利以和耳語差不多的音量對我說。他的口臭噴得我滿臉，我聞得出來他早餐吃了煎蛋三明治。

他們兩個一左一右各抓住我一邊手臂，將我拖到第一百二十四街的轉角。我開始奮力掙扎。這附近人比較少，尤其是週六早上幾乎沒人。

「你看起來很害怕，小朋友。」蓋利對我說，順手將我推向哈伯。哈伯抓住我的背包，讓我沒辦法逃走。「你叫什麼名字？」

我沒有回答。

「我們知道你是誰，羅利棒棒糖，」哈伯在我耳邊說。他故意用嘴脣弄出「啵！」的聲音。「你常常和聖尼可拉斯社區的多明尼加人混在一起。你今天跑到東區來做什麼？」

「來第一百二十五街做什麼？」蓋利跟著問。

「他真是一隻安靜的小老鼠。」哈伯說。

蓋利露出微笑。「到第一百二十五街來閒晃是要付出代價的，羅利棒棒糖。你知道規則的，」他往我的方向靠近一步，「手機給我。」

我動也不動，蓋利瞇起雙眼。他沒生氣，看起來比較像他不確定我到底聽懂了沒有。

「放在你褲子後面口袋的手機啊！」蓋利接著說，「我和哈伯可以直接動手拿，但我們想要你親手交給我們，當作是禮物。我們不想造成任何誤會。你把手機送給我們，因為我們就像是非常非常親密的朋友。」

「最好的密友。」哈伯耳語。

我能聽到自己心臟跳動的聲音。我知道他們要拿走我的手機，但那不是讓我生氣的真正原因。讓我感到悲傷、憤怒的是我居然無法阻止他們。

他們有兩個人，而且體型都比我大。就像媽媽一天到晚說的，我實在太瘦了。

蓋利伸出一隻手指戳我的臉。「放棄吧！羅利。」

我別開臉。

然後看到大蘿絲踩著重重的腳步轉過街角。

她抿著嘴，以慣常跳繩似的怪異方式跳躍著行走。她走得很快，每走一步，大大的頭就在空中晃一下。她用兩隻手將一個塑膠午餐盒緊緊抓在胸前。

我聽到她說：「你死了之後，他們會埋了你。」

哈伯一臉疑惑的用斜眼瞄她。蘿絲以極快的速度衝向我和那兩個傢伙，我甚至連警告她別靠近的時間都沒有。我不想要她受到傷害。

正當這個念頭閃過我的腦海時，我看到蘿絲將午餐盒舉到頭頂，然後——砰！她將午餐盒砸向蓋利的後腦勺，力氣之大，讓午餐盒裂成了兩半，所有的食物全飛了出來。蓋利流著口水，踉蹌的往我身上跌過來，我們一起倒在水泥地上。我的手在嘗試阻止自己跌倒時擦傷了。

等到我抬頭望向蘿絲和哈伯時，看到哈伯正抱頭躲避，努力想讓他的頭離蘿絲的重拳遠一些。她用像電鑽挖水泥地般的速度拚命搥打哈伯的頭。

在哈伯還來不及反應之前，大蘿絲的拳頭已經落向他的頭頂、眼睛、鼻子和脖子。大蘿絲不只比大了她兩歲左右的蓋利和哈伯都高，而且體重也比他們重上許多。

我跳起來，衝向哈伯。

哈伯顧不了他的朋友蓋利還倒在人行道上，逮到機會拔腿就往東邊的第一百二十四街跑。蘿絲拿起她的五爪蘋果用力擲向他逃跑的背影，可惜沒有命中目標，從他頭上飛過。

我們兩個一起轉頭，瞪著奮力想從地上站起來的蓋利。

我根本還來不及開口，蘿絲已經撿起從她破掉的午餐盒飛出來的厚重金屬保溫瓶，朝蓋利衝了過去。她沒有用它來打他，只是站在那裡等著。

蓋利踉踉蹌蹌的倒退，想離她越遠越好。他的眼睛又瞇了起來，就像剛剛我拒絕將手機交給他，他瞇起眼睛來看我時一樣。

他的表情看起來像是不明白為什麼這種事會發生在他身上——這女孩怎麼能將他和他粗暴的同伴打得一敗塗地。有一瞬間，我以為他忘了怎麼說話，但他接著對蘿絲爆出我所聽過最長的一串髒話，否定了我的猜測。

蘿絲發出一聲長長的尖叫，將她的保溫瓶舉到頭頂上。

一副就要將它扔到蓋利頭上的樣子。

蓋利嘴裡繼續罵著髒話，身體卻開始往不同的方向逃。當蘿絲想追上去時，我趕緊拉住她。等她喘過氣來之後，我們將散落在馬路上的午餐撿一撿，然後一起走回位於第一百二十五街和萊辛頓大道交叉口的地鐵站。

我們在麥當勞曼哈頓中城分店吃午餐，人多到我們只能在二樓角落找到兩張高腳凳的位子。不過坐在二樓可以看到底下來來往往的人潮，所以我還滿高興的。

蘿絲完全不累，但是我已經很疲倦了。我們幾乎花了整個下午在中城區尋找我那本建築書上有名的大樓。

我請蘿絲吃飯，她只點了麥克雞塊和蘋果派。我猜她會把自己的午餐砸在蓋利噁心的頭上，全是因為我的關係，所以我請她吃飯也是應該的。

「那傢伙用手指戳你的臉，」她告訴我，「他不該那麼做的。」

我提醒自己以後絕對不要用手指戳她的臉。

這個蘿絲人還不壞，我心裡想。

我們兩個坐在那兒一邊吃，一邊看著外面。我咬了一口雙層起司堡，伸手掏出手機。我將我和蘿絲找到的所有建築全拍了照，存在手機裡。

「這是齊本德爾大樓，」我說著，將手機拿給她看，「它是我們找到的第一棟建築，由菲力浦・強森和約翰・伯奇共同設計。」

她點點頭，張開滿是雞肉的嘴說：「在第五十五街和麥迪遜大道的交叉口。」

我翻開我的書。「書上說『齊本德爾[1]』是它的暱稱，因為它看起來像一件家具。哈！」

「什麼？」蘿絲問。

「書上是這樣寫的，大樓的屋頂蓋得像老式櫥櫃的頂蓋。」

我們持續這樣討論好一陣子，邊吃邊談我們今天看到的建築。我最喜歡的是克萊斯勒大廈。對我來說，那棟建築簡直像是從另一個星球來的。蘿絲喜歡的是西五十七街三百號，我想了好一會兒才明白原來她指的是赫斯特大樓。

它的形狀怪異，閃閃發亮。嗯，至少上半部是如此。它的下半部則是用舊石塊建造而成。

蘿絲說話總是非常「精準」。當她談到一棟大樓時，不會說：「你知道的，就是形狀像一根口紅的那棟。」相反的，她會說：「在第五十三街和第三大道交叉口的那棟橢圓形橘紅色大樓。」

這女孩與眾不同，不過那也不是什麼新聞。過去這兩個月來，我發現自己其實跟大家也不大一樣。我的意思是，有多少大孩子會將所有的課外時間全花在滿是灰塵的儲藏室裡組裝樂高城市？

1 Chippendale亦有高腳櫃之意。

「嘿，蘿絲，」我開口問，「為什麼你會和別人這麼不一樣？」

她聳聳肩，將我放在桌上的書移向自己。

「你知道的，」我說，「我的意思是，你總是喜歡獨來獨往。你的記憶力非常好，超級好，是因為在家自學的關係嗎？你打算把我們今天看到的所有建築都在我們樂高之城的房間裡複製出來嗎？」

她點點頭，眼睛仍盯著書。

「靠記憶就能蓋得出來嗎？」我問。

她又點點頭，伸手翻頁。

我吹了聲口哨。「我沒辦法，天啊！所以我只好幫它們照相了。」我吸光我的柳橙汁。我注意到吸管發出的呼嚕聲讓她皺眉，所以我停了下來。

蘿絲繼續皺著眉頭，說：「我沒有自閉症。」

突然，一陣椅腳刮過地板的尖銳噪音傳來，蘿絲猛然轉頭望向聲音來源。原來是坐在我們隔壁的亞洲家庭正要起身離開。

「我沒有自閉症。」她又說了一次。

「我知道，你沒有自閉症的典型症狀。」我回答。

她點點頭，又往下翻了一頁，並沒有看我的眼睛。

「嗯，我總是覺得自己和別人不一樣，」我說，「隨著年紀越大，情況就越嚴重。嗯，我只告訴你，你別告訴別人，耶誕新年假期我過得很不好——我恨死過節了。我覺得自己好像就要死了。」

蘿絲瞄了我一眼，問：「為什麼你覺得自己就要死了？」

她露齒微笑，眼睛又轉回我的書上。我環顧四周確定沒人在聽，其他人似乎都在忙自己的事。兩個穿迷你裙的黑人女生在原本亞洲家庭的位子坐下。

「我開始想要做壞事，就像我之前對待你那樣。去年十月的萬聖節，我哥哥杰邁恩在那天死了。」我告訴蘿絲，「事實上，他並不是單純的死了，而是有人在布朗克斯的夜店對他開槍。警方到現在還沒找到開槍的傢伙，所以我知道他還逍遙法外。」

在樓下的馬路上，一名胖警察正在開一輛貨車的違規罰單。司機努力求情，但警察並不理睬，轉頭就走。

我嘆了一口氣。「儲藏室、哈莫尼、建造我們的兩座城市……多少都有幫助，但有時我還是會想做壞事。我還沒有完全好，不過我覺得我應該可以再更好一點。」

「我已經好多了。」蘿絲開口。她的眼睛仍盯著《建築設計》，繼續說：「去年八月十六日，我媽媽從九九〇〇棟的頂樓跳下來。」

「喔，天啊！」我驚呼。聖尼可拉斯社會住宅的每一棟建築都是十四層樓高。我曾經坐在頂樓丟紙飛機，所以很清楚。「蘿絲，發生這種事真是遺憾。」

「我已經好多了。」她又說了一次。

我回想去年夏天，記起她剛才說的事。警方一開始還試圖對自殺者的姓名保密，不過很快的，大家都在談論那個跳樓的女人。我想不起來她的名字……

「德蕾西．格林。」蘿絲說。

「對，我想起來了。」我回道，「喔，天啊！」

蘿絲不姓格林，大概是跟她爸爸姓吧？而且她告訴過我，外婆才是照顧她長大的人，因為她媽媽幾乎一天到晚都不在。

我想起所有的事，當時在聖尼可拉斯的每個人都感到非常難過，畢竟那女人就那樣在我們的社區自殺了。蘿絲說她媽媽不是在聖尼可拉斯長大的，而且事實上她也不常去探望蘿絲的外婆貝蒂。

天啊！

接著，蘿絲突然開始前後晃動她的腿。她的眼睛看著地板，對我說：「蘿莎蒙，你死了之後，他們會埋了你，但是你的靈魂會飛上天，和星星在一起。」

她的腿停止晃動，目光移回我的書上。

我不知道她那麼說是什麼意思。這些話並沒有印在書上，而且今天早上她也對哈伯和蓋利說過同樣的話。

我坐在那裡，看著她讀我的書，直到她說她得回家了，不然外婆會擔心。

我們朝著回哈林區的地鐵站走去，我回頭看了中城區高聳的摩天大樓最後一眼。以前光是想到從我們家頂樓墜落或跳下，我就害怕得不得了。現在我卻忍不住去想，如果從這些兩三千公尺高的摩天大樓頂樓掉下來，摔在下面的水泥人行道上，不知道會是什麼情形。

我懷疑蘿絲在蓋她媽媽跳樓的那一棟迷你版建築時，是不是也在想同樣的事。突然間，我明白了，蘿絲的樂高建築其實就像是一個又一個的墓碑。

她蓋的是一座由迷你版摩天大樓組成的塑膠墳場。

22

星期六晚上，我跨著大步，踩著階梯往上爬，想要儘快趕到維加住的公寓，途中還差點跟正在下樓的喬沃內和艾瑞卡撞個正著。

「小心點，羅利！」喬沃內大叫，「你差點把我們給撞倒！」

我一邊道歉，一邊繼續往上爬。我注意到脖子上纏著大圍巾的艾瑞卡又懷孕了。就像媽媽說的，那女孩真是生個不停啊！

維加的媽媽——也就是維加太太——前來開門，不過門開了之後，她只是一言不發的擋在門口，瞇起眼睛看我。維加太太又矮又胖，要從她身邊擠進去根本不可能。過了好一會兒，她重重的嘆一口氣，總算站到一旁讓我進入他們家。

看來他在簡訊上說的並不誇張，他這一次真的惹了大麻煩。維加的媽媽從來沒有擋著不讓我進門。維加的家基本上就是我的第二個巢穴。

維加的家裡一直都是這麼窗明几淨，尤其和我們在七樓的家相比更是如此。我的意思是，雖然我和杰邁恩總是把我們的臥室收拾得乾乾淨淨，但我們的媽媽卻是個討厭打掃的懶惰蟲。我開始走向位在後頭的維加臥室。屋裡很冷，冷到我不禁懷疑他們家的暖氣是不是壞了。維加太太在我身後用西班牙語大叫，不過她說話的速度太快，我聽不懂她在說什麼。

「我朋友沒事吧？」我用西班牙語問她。

「不，不！」她又對我大喊。真不懂為什麼維加一家人講話都要用吼的。「他不可以離開這公寓，羅利！太過分了！太過分了！」她生氣的揮動雙手，轉身走進廚房。

✦

維加的房裡擠了一群孩子，全是他的親戚。他三個正值青少年期的表兄弟路易斯、戴爾文和二世，正擠在打開的窗戶旁吸菸。

房間裡凍死了。下午我和蘿絲在外頭時天氣很好，但是現在太陽下山了。

他的表兄弟緊張的看向我，然後全鬆口氣似的嘿嘿傻笑。

我知道維加的媽媽不會喜歡他的表兄弟在這裡吸菸——她不允許任何人在他們家吸菸，連她老公都得躲去樓梯間或到大樓外的草地上。維加告訴過我，當他媽媽還是個小女孩，住在智利的聖地牙哥時，她的爸爸曾經因為吸菸而意外燒掉他們的房子。

從那之後，她便痛恨所有吸菸的人。

不過她長大後還是嫁了一個會吸菸的丈夫。

我很驚訝的發現維加的表哥費瑞多坐在角落的椅子上講手機。他沒有中斷談話，只是對我點了點頭。他的右手臂裹在藍色的石膏裡，我猜是因為上次射中他的那顆子彈。

我一踏進房間，維加的小妹愛麗斯馬上從地板上跳起來，跑過來擁抱我。她隨手將正在狼吞虎嚥的一碗蔬菜肉湯放在地毯上。維加太太做的蔬菜肉湯堪稱世界第一，總是放了許多大塊的豬肉和芭蕉。我看到後立刻覺得肚子餓了。

我一如既往的抱起愛麗斯。她雙腿繞著我的腰，開心的抱著我。她好重，只有六歲卻胖嘟嘟的。她媽媽實在餵食過度了。

維加還有個在布魯克林學院念書的大姊，平時住在宿舍，不過她的體型也是龐大得不得了。

「凱斯被禁足了。」愛麗斯愁容滿面的告訴我她哥哥的處境。

維加的手指不停的在手機上滑動。「你有什麼新消息嗎？」他用西班牙語對我說。

「沒有，兄弟。」我回答，「你做了什麼？」

「他的新大衣不見了，而且他不記得丟在哪兒了。」愛麗斯說。

費瑞多聽到，發出不贊同的「嘖嘖」聲。我的背有點痛，於是將愛麗斯放在地毯上。費瑞多結束通話，表情痛苦的站起來，伸手揉了揉他的右肩。

「他們把子彈拿出來了嗎？」我問他。

費瑞多點點頭。「我運氣很好，醫師說子彈差一點點就打到我這裡的血管了。」

我呼出一大口氣。

「羅利，幫個忙！」費瑞多說道，斜眼瞄向維加，「告訴你的哥兒們振作起來，像個男子漢，好嗎？」

「下地獄吧你！」維加罵他，但眼睛仍盯著手機不放。

費瑞多露齒微笑，對著在窗戶旁吸菸的表兄弟們吹了聲口哨。「我們走吧！」他說。一群人跟我、維加擊掌，然後拉著愛麗斯一起離開。

我在維加身邊坐下。

「我真不敢相信你居然弄丟了你祖母送的大衣。」

他在床上翻了個身，轉過去面對牆壁。

「我沒弄丟，」維加看著牆壁對我說，「我把大衣給了那兩個傢伙。」

「給？哪兩個傢伙？」不過話還沒說完，我就已經知道答案了。

維加告訴我，哈伯和蓋利今天下午在街上堵他，就像今天早上堵我那樣。只是維加不像我運氣那麼好，有蘿絲幫我擊退他們。他們在他上完小提琴課回家的路上埋伏，當時只有他一個人。

我希望哈伯和蓋利之所以搶劫維加，不是因為他們早上被蘿絲痛毆。那兩個傢伙可能會因此一整天都心情不好——如果是我就會。

「他們說：『告訴你表哥費瑞多加入我們！』」維加說。

然後就像今天早上對我的方式一樣，哈伯和蓋利給了他同樣的選擇，雖然事實上那根本就稱不上是選擇。他們強迫維加把他在三聖節得到的新大衣送給他們。

他們讓他留下他的小提琴。

「我得做點什麼，羅利。」維加告訴我，「費瑞多說的。不然你知道他們永遠不會停手的。」

「沒錯。費瑞多還說了什麼？」

維加沒回答，只是咬著自己的下脣。

他對他的父母說謊，告訴他們他弄丟了大衣，因為他知道如果說實話，告訴他們大衣是被那兩個傢伙搶走的，他父母只會責罵得更厲害。

哈伯和蓋利偷東西的方法十分狡詐。他們不從你手上奪取，而是強迫你自己將東西拿給他們。我認為這是因為如果他們被抓了，也可以告訴警察：「嘿！這是他送我們的禮物，我們可不是小偷。」

更重要的是，他們強迫你分享所有物的作法會影響你的腦袋，讓你覺得自己是低一等的人，覺得自己沒有任何權力。

讓你覺得自己必須找到辦法去反擊。

維加坐在儲藏室裡一個倒過來的大塑膠桶上，他拉著小提琴，看我和蘿絲組樂高。他的氣

還沒消，所以選了一首很哀傷的歌。

事實上，我的心情本來還不錯，卻在聽到維加的琴聲後開始感到悲傷。音樂對人的影響真是有趣。

我猜所有的藝術都很類似吧？任何藝術活動一定會對周圍的人造成改變，讓他們心裡泛起某種感覺，或是在腦海中產生某種特定的想法。

阿里先生說過，我們在這個房間裡所做的就是藝術。在此之前，我從來沒有仔細想過，不過我現在覺得阿里說得沒錯。我們在這裡創造了不同的世界。

最近我開始覺得，這對我來說是一件非做不可的事。

就好像我根本沒得選擇一樣。

我想要一直做、一直做，直到永遠。

「你在拉什麼曲子？」我問維加。

他停下手上的琴弓回答，「柴可夫斯基。」然後他繼續演奏。我嘆了一口氣。

我望向正彎腰在樂高建築上蓋一根大梁的蘿絲，她似乎對維加的琴音完全不為所動。但是蘿絲不大會表現出自己的情緒，總是隱藏得很好，任何人都看不出來。

不過等到她的情緒突然跳出來時，天啊！那可是驚天動地哪！

維加放下小提琴。

「你的音樂聽得我好沮喪。」我告訴他。

維加聳聳肩。「音樂會讓女人眼眶泛淚，貝多芬和我的小提琴老師D太太都這麼說。所以你一定是女的，羅利。」

「這一定是你捏造的。」

「蘿絲現在做的全是你們兩個那天在市中心看到的建築嗎？」維加問。

「嗯哼，」我回答，「我不知道她怎麼能全部都記得。全存在這裡。」我敲了敲自己的額頭。「這棟是赫斯特大樓。」我拿出手機讓維加看我當天拍的幾張照片。

「天啊！」維加站在蘿絲身後說，「你是怎麼辦到的，大蘿絲？所有的細節都記在腦海裡？太厲害了！」

蘿絲站起來，挺起腰桿，轉過來看著我們。「我就是記得。」她對維加說，「很簡單，它們本來就在那裡。整個紐約市都是。」她以一種彷彿在說「你們怎麼會不知道」的眼神看著我們。

「羅利也會啊！只是他做的是直接從他的腦袋蹦出來的。只存在於他的腦袋裡。」

她回去繼續幫她的迷你版赫斯特大樓加蓋另一層樓。維加蹲下來細看她的聖尼可拉斯社區，瞇起眼睛，維持這個姿勢好一陣子。

「這裡不一樣，蘿莎蒙。」他說，指著迷你社區裡面。蘿絲沒理他，只是繼續做她的事。

「這些小星星，羅利。她在這裡做了什麼？」

我在他身邊蹲下，不知道他在說什麼，但我立刻就看到了。我之前完全沒注意到那些東西。在蘿絲的聖尼可拉斯住宅大樓旁貼了許多小小的星星。

閃閃發亮。

金黃色的貼紙。

迷你版社區的每一條人行道都被她貼上了金色的星形貼紙。我想這是新貼上去的。我很驚訝，因為她的樂高之城完完全全和真實世界裡的建築一樣，除了這些金色的小星星之外。

「我看到了。」我說，「這是什麼？蘿絲？」

她頭也不抬的回說：「蘿莎蒙，你死了之後，他們會埋了你，但是你的靈魂會飛上天，和星星在一起。你的媽媽，你的爸爸，他們全埋在地底，可是他們現在全成了星星，小女孩，成了我們腳下的星星。」

我和維加站在那裡，思索她話中的意思。我們埋了杰邁恩。他現在也成了星星。

「聽起來很像一首詩。」維加對蘿絲說。

「它是一首詩啊！」蘿絲回答，「印在外婆的書裡。」

後來，維加對我說：「你看吧！我就說她把她埋屍體的地點都標示在上面吧！」

「所以哈莫尼是在莫尼克羅家族的統治下設計興建的。可是邪惡的史旺星人綁架了火焰王，他的兒子恆星王子領軍作戰去拯救他的父王，並且把史旺星的怪物趕出哈莫尼。恆星王子是一個名為『星際駕駛』的英雄聯盟的領袖。『星際駕駛』的人都是好人，他們對怪物緊追不捨，於是史旺星人只好全逃到另一個不同的星系。」

「恆星王子成功救回他爸爸了嗎？」

「我還沒決定。這裡或許可以發展出一段驚心動魄的故事。」我說。

維加仔細聆聽我編出來的故事。我們兩個繞著哈莫尼剛擴展的邊界走了一圈。他往後退了一步，好將從儲藏室這邊延伸到另一邊的整座城市收入眼底。

「這太棒了！羅利，」他用西班牙語說，「從你的腦袋蹦出來、用小積木組成的另一個全新世界。」

我有種剛完成一件大事的感覺。

23

我把自行車從大樓電梯牽出來，騎到第八大道，和戴睿爾R和柯費碰面。就像戴睿爾在簡訊中說的，他們已經站在角落的理髮店前等我。

再度騎上我的自行車感覺好極了。現在已經是三月中旬，天氣不像之前那麼冷了。

柯費和戴睿爾剛在那間理髮店剪了頭髮。這間理髮店和杰邁恩工作的並不是同一間，但我還是從來沒進去過。我的頭髮都是媽媽用電動理髮器修剪的，因為經過杰邁恩的事之後，她再也不相信任何理髮店了。

我和柯費、戴睿爾三個人騎著自行車沿第一百一十街往南，接著左轉慢慢的騎往東邊的西班牙哈林區。我們的右手邊是中央公園的北端和夏天時可以垂釣的哈林湖。

阿里先生去年帶我們去過那裡。

我們騎過公園大道，接著又轉往上城的方向。這條街是哈林區裡我最喜歡的地方之一，因為很有懷舊感的橋就在上方和街道並行。那座橋本來是給火車行走的。橋上的岩石和磚塊感覺彷彿是紐約市建立初期就存在的東西，古老得像是從城堡裡延伸出來的。

我們往北騎到第一百四十五街，戴睿爾停下來在賣炸魚的店買汽水和薯條。我和柯賁在旁邊等的時候，我看到了洛基。

洛基坐在他的休旅車裡，就停在人行道旁。他正大口大口的吃著炸魚三明治。我騎著自行車繞到休旅車的駕駛座旁，隔著車窗對他大喊。

「洛基！」我叫道。

他猛然彎下身子，伸手要去拿某個東西，但一看到是我，他露出微笑，降下車窗。

「小朋友，」他說，「不要像剛才那樣突然跑出來嚇我，搞不好會出事的。」

「你在做什麼？」我問。

「吃炸魚。」他回答，「你要來一個嗎？很好吃喔。」

我搖搖頭。我注意到洛基的右臉整個腫起來，眼睛也是紅的，彷彿被人用手槍柄痛毆過一樣。他的神情也不像以往那麼意氣風發。

「自從送耶誕禮物給你之後，就沒有你的消息了。」洛基說，「我猜你媽把它拿走了吧？」

「沒有。」我回道，「謝謝你，老兄。她讓我保留那個禮物，我和維加常玩呢！謝謝你，洛基。」

他很慢的點了點頭。洛基看起來似乎很需要休息，彷彿已經好幾十天沒睡了。

「嗯，我之前就告訴過你，那是邁恩給你的。你哥哥想要你擁有它。他們抓到他那晚，他告訴我，他打算買那個牌子的遊戲主機給你。他說他從小就很想要有一臺遊戲機，可是你父母一直都沒有錢買。」

我點點頭。我就站在馬路上和他交談。一輛車駛過，距離我非常近。我抬起夾在兩腿之間的自行車，往他的休旅車移近一點。

「杰邁恩對你的未來有很多計畫，羅利。」洛基繼續說。

他這句話讓我全身緊繃。

「你需要任何幫助嗎？小朋友？」他問我，「有什麼人欺負你嗎？你需要找工作嗎？」

我搖搖頭。

「如果有任何人敢欺負你，」洛基說，「只要告訴我一聲，我就會幫你處理。我會出手讓他們立刻滾得遠遠的。」

我可以感覺到血液衝上我的臉。雖然戶外氣溫很低，但我卻渾身發燙。我考慮著要不要告訴他關於哈伯和蓋利騷擾我和維加的事。洛基大概能解決他們，讓他們受點傷。他可以……

「沒錯，」洛基繼續說，「邁恩想要你得到更多。如果他還活著，我知道他會想盡辦法送你上大學。」

我愣住了，突然間好想對著洛基的大豬頭重重的揮拳，但我只是說：「他從來沒對我提過這些。」

「有許多事他從來沒告訴你。」他低頭看著炸魚三明治，皺起眉頭，將它扔到馬路上。「聽著，有空給我打個電話，有事就喊我一聲。我會幫你拉線，羅利，就像邁恩會為你做的。你讓我想起他，你和他長得真像。你需要錢嗎？」

我搖了搖頭。

「那麼好吧，」他一臉睡意的說，「有空給我打個電話。」

我點點頭，雖然知道自己並不會那麼做。「我得走了。」

「我也得走了。」洛基說著，發動了引擎，「我很疲倦了，小兄弟，有點……累了……那麼再會了，小朋友。」

他開車走了。我和戴睿爾、柯費在第一百四十五街的陡坡上朝我們居住的西區努力的騎。我很感謝這一段難騎的路，因為剛好可以消耗掉我突如其來的怒氣。

✦

這條山坡路向來就超難騎的，不過我們終於到達頂點，從另一側往下滑行。以這樣的速度從糖山又長又陡的坡道飛馳而下，讓我感到自由自在、無拘無束，簡直就像要飛上天似的。

柯費和戴睿爾分別騎在我的左右兩側，也都咧著嘴微笑。

突然間，我們右手邊的景色只剩下一片棕色和綠色，原來我們正經過聖尼可拉斯公園。我們沿著公園騎，不時望向裡頭的大樹。

終於，在快騎到糖山山腳時，戴睿爾開始煞車。

他慢慢踩著踏板，騎到公園邊緣。我和柯費也騎著車跟在他後面。

我不知道他為什麼要停下來。如果他沒停，我們一路往下騎，再過幾分鐘就會回到聖尼可拉斯社會住宅。過了一會兒，我才明白戴睿爾想做什麼。

我也跟著左右張望，可是到處都沒有那隻郊狼的影子。我拿出手機，想在發現牠時拍照。

突然間，我看到草地裡有什麼在動，很興奮的以為是牠，結果卻只是一隻黑色的小松鼠。

戴睿爾打開他的背包，拿出剛買的薯條放在公園的長椅上。他再次仔細掃視周圍的樹林，然後我們一起騎車離開。

我一邊騎，一邊望著公園，可惜沒有郊狼出現的任何徵兆。

後來柯費告訴我，自從我們遇見那隻郊狼之後，戴睿爾便會買薯條放在公園等著牠來吃。

我們的郊狼也是瀕臨絕種的動物——被追捕、被獵殺。

我們都很清楚那種無助的感覺。

24

桑妮綁著非洲頭巾的頭伸進我們的樂高之城房間，觀察我們的進度。嗯，至少她是這麼說的。雖然對我而言，她似乎只是想找麻煩。

一如往常。

她和維加吵架。

一如往常。

只不過這次他們吵架的主題是我的作品。

自從我開始和蘿絲一起出去之後，桑妮對我的創作評價就越來越低。我記得我的城市還在建造初期時，她對它可是讚不絕口。

可是現在……

「哼，我認為這太幼稚了。」桑妮繼續說，「我的意思是，華勒斯的年紀已經大到不該再玩這些樂高垃圾了。」

「你在胡說什麼，臭桑妮？」維加反駁，「十二歲哪裡算大？說到幼稚，你在聖尼可拉斯裡跑來跑去，假裝自己是偵探才幼稚好嗎？那種幼稚的程度簡直跟還在包尿布沒什麼兩樣。」

「你閉嘴，我警告你。」她說，「他們把精神都投注在這些樂高上很好……可是又有什麼用呢？」

「這是一種藝術。」維加回答。

「玩具不算藝術。」

「你聽過羅利想出來的整個故事嗎？哈莫尼的完整故事？」

「那全是胡說八道。」

「你不要亂講，桑妮！」

「我的意思是，想一想他們錯過的補充閱讀。太浪費了。」桑妮搖搖頭，「唯一比這還浪費的就是坐在那兒反芻的大豬頭了。」

「你是在暗諷她不停的在嘔吐嗎？」維加說。

桑妮對維加居然聽得出她的諷刺表示讚賞。「不管怎樣，至少羅利的作品滿有想像力的，比他未來孩子的媽強多了。」

她伸出手指著角落的蘿絲。

本來盤腿坐著的蘿絲以迅雷不及掩耳的速度跳了起來，在我和維加來得及說或做任何事之前，她已經高舉著拳頭站到桑妮面前，顯然就要一拳揍到桑妮臉上了。

我屏住呼吸，緊緊閉上雙眼。我看過蘿絲打架，知道她有多厲害，但是過了好一會兒，我都沒聽到桑妮骨頭斷裂的聲音，於是我睜開眼睛偷看。

蘿絲仍然站在桑妮面前，但是沒有揍她，反而慢慢的放下拳頭，瞪著她。她對桑妮說：「你死了之後，他們會埋了你。」

「什麼？」桑妮問。

蘿絲的臉上閃過一個微笑，雙手抱胸。「你很醜，」她告訴桑妮，「你的行為很醜陋。」

桑妮以一種彷彿在看陌生人的眼神瞪著蘿絲，然後她重重的呼出一口氣，整張臉的線條彷彿融化似的變得柔和。她轉身離開儲藏室，看似很擔心的樣子，和剛才就站在門邊的阿里先生擦身而過。

我不確定蘿絲是否剛剛就看到他了。我猜應該沒有。

「有進步，蘿莎蒙！」阿里站在門口大喊，「用說的而不是用打的。」他雙手擺在身後，走進房間裡。「蘿絲！羅利！你們過來一下。凱西米諾，請讓我們獨處。我需要和你的夥伴們談一談。」

維加離開儲藏室。走之前，他給我一個表示「玩完了」的表情。從阿里先生緊鎖的眉頭看來，的確像我們有了大麻煩。

「我有個壞消息。」阿里開口。

我早猜到了。我們最近進行辦公室會談的次數越來越少。我以為阿里會告訴我，我們得要多談一談，因為我並沒有如他預期的那樣進步。

可是我真的有進步了……

沒想到阿里說的是：「對你們兩個過去幾個月在這裡完成的作品，我非常引以為傲，你們也應該以自己為傲。事實上，在課輔中心的每一個人都覺得你們非常了不起。」

他停了一下，臉上泛起一個哀傷的微笑。

「社區決定開辦一個新的健身課程。」阿里繼續說，「你們必須拆掉你們的樂高之城，騰出空間讓給他們使用。」

什麼？

「他們要用這個儲藏室來上保健課。」他說，「我很抱歉。你們在這裡做了非常多的作品，不過我猜你們也曉得這些沒辦法永遠放在這裡。」

蘿絲完全沒有反應。我張開嘴巴，不知道該說什麼。

「蘿絲，我尤其為你進步這麼多感到驕傲，你真的展現了……」

蘿絲一言不發的衝向她的樂高之城，動手開始拆除。

「蘿莎蒙！」阿里大喊，「你可以等一等，不用現在拆。他們不會馬上就來，我會再告訴你們確切的時間。」

在房間另一頭的蘿絲立刻停下，彎腰重建。阿里翻了個白眼。他轉頭看著我，又開始講話。我站在那裡看著阿里先生的嘴巴不停開合。他在講話，而我什麼都聽不進去。

✦

星期六我幾乎都躲在自己的臥室裡。

維加每隔幾分鐘就傳簡訊給我，但是我不理他。我把手機音量調小，因為我不想跟任何人講話。

我真的覺得我沒有任何話可以說了。我花在計劃、建造、醞釀創意的那些時光……那個城市就是我，但是它就要被毀棄了。課輔中心的每個人都說他們很愛哈莫尼，可其實並不是真的愛它。

就要被摧毀了，再去建造又有什麼意義呢？

為什麼在我開始覺得自己終於可以接受杰邁恩走了、死掉的事實時，偏偏發生這麼討人厭的事？

我把頭埋進枕頭裡，一直哭、一直哭。

我想我最後的下場應該會和我被毀壞的城市一樣糟。

在黑漆漆的半夜裡，我踉蹌走進媽媽的臥室，爬上床，躺在她身邊。她的平裝版推理小說

《雙面狄米崔》戳到我，所以我將它移到床頭櫃上。

媽媽半睡半醒，咕噥了兩聲。我把頭靠在她的手臂上，她伸手抱住我，讓我緊緊依偎著她，然後摸了摸我的頭。

突然間，我有了安全感。我感覺到自己開始睏了。

我慢慢墜入夢鄉，腦袋裡想著我和媽媽從前常玩的故事大挑戰，真希望我們可以再玩一次。

阿里先生說的話讓我覺得自己被澈底摧毀，所以過去幾天我總是想盡辦法躲開他。我猜其實我也明白那不是他的錯，只是這段時間我仍然無法甩開這種感覺——被欺騙的感覺。

然而，他終於找到機會把我拖進他的辦公室。

「瑞奇波爾先生，我們很久沒有好好談談了。」阿里先生說。

「我知道。」我說。

「其實這是件好事，代表你進步了。我不希望讓你到目前為止所做的努力全都白費。我不想，我知道你也不想。」

我真的一點也不在乎了。

他告訴我，他很擔心我們必須拆掉哈莫尼可能會對我造成不好的影響，可能會讓我「退回原點」。我聽了之後，只是在心裡想他知不知道自己在說什麼。

我覺得我已經開始變回原來的樣子了。

我不敢問他在拆除哈莫尼之前，我們還有多少時間。

那天他拿了一本全新的素描簿給我。他認為既然我很快就會失去可以建造樂高之城的空間，也許我可以將自己的創意和城市畫下來。

把我的城市畫下來？

我不以為然的「嘖！」了一聲。

我一直想到蘿絲，想著她對我們所創造的一切就要被摧毀的反應。我問阿里先生是否和蘿絲有過類似我們現在這樣的談話。他說沒有，他接受的訓練還不到那個程度。

「大蘿絲的層次完全不同。」阿里挑起雙眉，這麼對我說。

25

蘿絲的外婆在和門鎖纏鬥了五分鐘後，終於打開她們家的前門。她將門拉開一條縫，我看到她又圓又黃的臉，戴著一副讓她的眼球看起來很凸的圓眼鏡。

「終於開了！」蘿絲的外婆微笑，呼吸帶著明顯的雜音，「這些鎖都生鏽了。進來吧！羅利先生，蘿絲差不多準備好了。我是貝蒂．格林博士。」

貝蒂博士很老很老了。

她的體型龐大，拿著一根全黑的木頭枴杖以極緩慢的速度在家移動。雖然她的臉和我的臉高度相同，但如果她站直身體，肯定比我高上許多。

她們的公寓裡放了滿滿的書，到處堆著一疊又一疊的雜誌和舊報紙，數量多到你必須在公寓裡尋找空隙，才能在窄小的通道裡左閃右躲的走動，感覺很像被困在一座狹窄的迷宮內。

公寓裡有種奇怪的味道。

一張大木桌擺在起居室正中央，上頭散放著幾本書和筆記本。我猜那兒就是蘿絲的外婆教她功課的地方了。我還看到桌上有一疊蘿絲用來貼她的樂高建築的金色小星星貼紙。

「坐吧。」蘿絲的外婆說，「要喝點檸檬汁嗎？」

「不用了，夫人。」我回答。我凝視她們牆上書櫃裡的書。除此之外，牆上還有兩張裱框的學位證書，看起來歷史悠久，應該是蘿絲的外婆很久以前拿到的。

我打了個噴嚏。

「你在欣賞我的藏書？」蘿絲的外婆說，「這裡放的是一部分的詩集，都是十九世紀之前的作品。那個時代的詩人是最棒的。來！我有東西給你。」

我聽著她帶點雜音的呼吸，看著她小步小步的走向書櫃，從滿是灰塵的舊書裡抽出一本遞給我。那是一本小書，就像蘿絲總是在課輔中心看的那種。

「菲麗絲．惠特莉的作品，」蘿絲的外婆微笑說著。「我們最傑出的黑人詩人之一。現在再也沒有真正的詩人了。沒有布萊克、濟慈、波普……」

她在說什麼我根本聽不懂。詩集上印著《菲麗絲．惠特莉作品集》。

「這本送你吧。」蘿絲的外婆對我說。

詩集？

我知道我永遠、永遠都不會去讀這本書的。

「謝謝。」我回答。

就在此時，我聽到沖馬桶的聲音，然後蘿絲一邊將頭髮塞到耳後，一邊走進了起居室。

我和蘿絲搭地下鐵到洛克斐勒中心。我決定試試阿里先生的建議，去那裡素描一些建築。

我們後來並沒有再談到關於阿里先生上星期說我們必須摧毀樂高之城的事。他還沒說想要我們什麼時候開始拆除。

我相信我和蘿絲心裡都在希望如果我們不主動提起，那麼它就永遠不會發生。我知道這是奢望——奢望的程度大概和我們以為樂高之城可以永遠保存在儲藏室裡差不多。

洛克斐勒中心到處都是行色匆匆的人。

我和蘿絲都來過中城這一帶。她說她外婆曾經帶她來這裡看耶誕樹點燈，而我則是從小就跟著父母來這裡的塔特爾玩具帝國。

塔特爾玩具帝國彷彿是另一個魔法世界。

就像洛克斐勒中心其他的商店一樣，塔特爾玩具帝國的外觀也是同樣的無聊褐色裝潢。但是裡頭呢？不但色彩繽紛，而且陳列了各式各樣的玩具，數量多到如果你想要一眼看盡，腦袋可能會立刻爆炸。

你一踏進塔特爾的入口，就會有兩個穿著巨型熊寶寶裝的人為你開門。裡頭的天花板非常非常高，足足有三層樓那麼高。你可以搭乘電扶梯到其他的玩具樓層，但是在一樓的大房間裡就展示著各種超酷的玩具。

不用說，我最喜歡的還是樂高。

他們有和真人一樣大的喬治．華盛頓樂高雕像，還有蝙蝠俠和肩上站著綠色大鳥的黑海盜。當然，我最愛的樂高作品還是站在一樓的黑色牆面前、那隻高達六公尺的超大綠金巨龍。

實在是酷斃了！

一樓的樂高部門有個好大好大的透明塑膠管，裡頭裝滿五顏六色的積木。工作人員從二樓高臺的塑膠管開口倒入各種形狀、大小和顏色的樂高積木，孩子們就拿著桶子從塑膠管尾端挑選積木後再秤重購買，就像我們在菜市場買葡萄或豆子一樣。我猜伊凡娜給我的、公司不要的樂高積木大概就是從這裡來的。

一個很有喜感的男人在塑膠管對面的小區域為孩子們表演紙牌魔術。他從蘿絲的袖子拉出一疊撲克牌，嚇得她目瞪口呆。

後來，蘿絲愛上了長著銀色翅膀的白馬。那是一個布娃娃，但大到可以讓兩個人騎在背上。然後一個踩高蹺、穿著長頸鹿裝的男人偷走了我的非洲帽。他將帽子從我頭上拿走，轉身就跑。我大叫著追趕他，直到他把帽子還我。我看得出來他沒想到我會那麼生氣。

我目送他咻咻踩著腳步滑到房間的另一邊，去找其他孩子的麻煩。

「你為什麼不幫我，蘿絲？」我瞪著她問。

蘿絲低頭看著地板，好像突然間覺得格外害羞似的。

我有時候真的很受不了她。

一個塔特爾的員工幫我們找到伊凡娜，並帶她來找我和蘿絲。伊凡娜看到我出現在她公司大吃一驚。我們三個聚集在我們所擁有的樂高積木的出處，想想還真是有趣。

伊凡娜利用休息時間帶我們到洛克斐勒中心的戶外廣場。我們坐在外頭聊了一會兒，不過伊凡娜似乎很焦慮，一副等不及要趕快回去工作的樣子，不時的扭動身體。

她擁抱我，告訴我不要擺臭臉。

我才不在乎呢！

我和蘿絲又在中城區逛了一陣子。她很安靜。我則試著素描了幾棟建築。

我們在東五十三街一棟還在施工的大樓前面停下。嗯，事實上應該說是增建，因為他們是在舊大樓上增蓋新樓層。

我很快的畫了工地的素描，在高處大梁上爬來爬去的工人們看起來很像一群爬在大樹上的螞蟻。蘿絲似乎也在看他們，但其實並不是真的在看。

然後我們搭乘地鐵D線的列車往北到第一百二十五街，再回聖尼可拉斯。我在地鐵上拿出蘿絲外婆給我的詩集，唸了其中一首。和我想像的很不一樣。

沒有我以為的那麼蠢。

我將那首詩又從頭讀了一遍。

然後開始唸另一首詩：

想像力啊！誰能唱出你的力量？

或者誰能描述出你的敏捷？

我開始產生一種它們在對我說話的錯覺。

26

天色昏暗，但人們卻湧向戶外。哈林區的街上到處都是人，大人和小孩全在外頭閒逛，享受著美好的天氣。

我和維加走過一棵香味超級濃郁的大樹。我猜香味是從開滿樹梢的粉紅花朵飄出來的，聞起來很像濃烈的女用香水。

很療癒。

讓我聯想到我唸過的一首菲麗絲・惠特莉的詩。我聽到遠方傳來機車的轟隆隆引擎聲，和在網路上看到的圖派克・夏庫爾的音樂影片一模一樣。

我們沿著人行道往東走，我轉頭看著身旁的維加。雖然天色已暗，街燈卻很明亮。維加的雙手都插在口袋裡，臉微微朝下望著地面。

我很難過必須摧毀哈莫尼，但有他陪在身邊還是讓我覺得好過許多。

「阿里有說要你們什麼時候拆完嗎？」維加彷彿看透我的心思似的問道。

他是個真正的朋友，我心裡想。

「沒，」我回答，「不過我猜應該拖不了太久。我想那個無聊的健身課程應該快開始了。」

「實在太爛了，他們強迫你摧毀一切。」維加說，「我認為要當個真正的藝術家一定很難。」

「什麼意思？」

「嗯，如果我們不一樣，你知道的，如果我們生下來就有錢……只是……沒有人會期待我們有藝術或音樂天分。沒有人會認為我們能做那一類的工作。」

「沒錯，」我說，「那不是我們能走的路。不過我還是認為你會是一個很棒的小提琴手。你現在就已經是了！」

空氣中帶點雨的味道。我抬起頭，天空滿布厚重的烏雲。

「羅利，我認為你會是一個很棒的建築師。或者我該說，不管你想做什麼，一定都會很棒的。」

「謝啦！維加。雖然我們都知道我將來只會是個無名小卒。」

我們越過第五大道，往市中心走。

在我們居住的曼哈頓島，第五大道是區分西區和東區的界線。現在我們進入東區，經過一間生意很好的酒吧，店面前方有群孩子一邊笑，一邊配合手提音響的音樂跳舞。

我們走過下一個街區，一輛警車減慢速度觀察我們。一名白人男警察和一名黑人女警察用探照燈照我們，但沒有停下車子，似乎是在找人的樣子。

他們的燈照得我眼睛很痛。我很高興他們沒停下來找麻煩。因為我現在心情糟透了，如果他們真的那樣做，我不知道自己會有什麼瘋狂的反應。

我們繼續走。

維加的媽媽叫他出來買米和綠芭蕉，可是她現在沒錢可以付現，所以我們要走到很遠的雜貨店，那裡的老闆曼尼會讓她賒帳。

「你看！」維加大叫。

前方的人行道上，桑妮和艾佩兒迎面向我們走來，她們看到我們，卻很快從旁邊走過，完全不理會我們。

她們看起來很尷尬，以極快的腳步朝著聖尼可拉斯前進，不過最不可思議的是艾佩兒手上握著一條繩子，將一隻很小的動物拉在身後。仔細一看，那條繩子居然綁在一隻雞的身上。

一隻瘦小的白雞。

用繩子綁著。

維加睜大眼睛瞪著我。我同樣無法置信。他轉身對著她們的背影大叫，「偵探生意還好嗎？女孩們？」

「EDK私家偵探兼遛雞人！」我大叫。

我看到桑妮的肩膀垂了下去。維加大笑到流出眼淚。過了好一會兒，我們才終於繼續往曼尼的店走。

「實在太超現實了，」我說，「居然在遛一隻雞。」

「什麼意思？」維加問，「超現實？」

「我其實也不是很清楚，兄弟，不過我相信我們剛才已經親眼見證了。」

✦

我們到雜貨店時，店外聚集了十幾個人，其中一個是課輔中心的戴瑞爾B，還有他來自塞內加爾的朋友杜勒。杜勒根本是個巨人。

我們擊掌打招呼。

我在擁擠的店裡好整以暇的尋找能安撫我此刻情緒的零食。最後，我決定買一大包UTZ紅色辣洋芋片，從口袋裡拿出四個二十五分硬幣給老闆。曼尼將洋芋片裝入一個黑色塑膠袋裡遞給我。

「我在外面等你。」我對維加說。他還在芭蕉堆裡翻來翻去，試著想找到一串沒那麼熟的。

我走出門口，外頭的人都散了。天空開始下起雨來，人們四處逃竄，活像進到黑漆漆的房間突然開燈後的蟑螂一樣。我聽到遠方機車咆哮的引擎聲。

我準備好要回聖尼可拉斯了。

雨滴從天上灑落，我嘆了一口氣，抬頭望著天空。涼涼的雨水落在我的額頭上，有點癢癢的。

我閉上雙眼，猜想水滴從天空掉落到我臉上的距離。突然間，不知道為什麼我的腦袋跳出「假象」兩個字。這是我最近才從那本詩集學到的新詞。

「你們聖尼可拉斯黑鬼就是這樣淋雨的？」有個聲音傳來。我睜開眼睛，下一秒就被人高舉到空中，再重重摔到人行道上。

我躺在人行道上，皺著眉望向低頭看我的哈伯和蓋利。蓋利彎腰將臉湊近我，哈伯則站在他身後叫囂。

「這裡可是東區，」蓋利說，「今天你的大頭猩猩不在，沒人可以保護你了。」

就在此時，雜貨店的門被推開。他們兩人同時轉過去瞥了維加一眼。他嘴巴開開的愣在那兒，一手拿著黑色塑膠袋，另一手拿著手機。

哈伯走過去，搶走維加手上的兩樣東西。

「嘿！」維加大叫。他向哈伯揮拳，但哈伯不但躲開，還一拳打向維加的腦袋。維加往後倒，撞上店門。

「快點拿走他的！」哈伯命令蓋利，而他已經把手伸到我口袋裡。

我仰躺著，伸手抵住蓋利的下巴，但他似乎完全不受影響。我不斷朝他出拳，他擋下幾拳之後，出手痛毆我的臉，我的後腦勺重重撞上人行道堅硬的水泥地面。

眼前的景象一下子變得好模糊。

我聽到維加大喊大叫，和哈伯扭打起來。

我很努力的朝跨坐在我身上的蓋利揮拳，但我所做的一切都變成慢動作，拳頭在雨滴裡緩緩前行。我感覺他的雙手又伸進我的牛仔褲口袋裡。

蓋利把我口袋裡所有的東西都丟在地上，拉出口袋內裡後，終於找到我的手機。在他站起來踢我一腳之前，我用盡力氣打了他下巴最後一拳。

「太酷了！你把手機送給我們了，羅利棒棒糖！」蓋利說，「謝啦！」他噘起嘴，故意發出一個「啵！」的怪聲。

我聽到哈伯告訴維加，「只要費瑞多不加入我們，你們就會一直遇到這種事！記得告訴你表哥！」

然後雜貨店老闆曼尼用西班牙語大喊，「嘿！嘿！你們在做什麼？滾開！滾開！」

接下來我聽到越跑越遠的腳步聲。我坐起來，看到哈伯和蓋利的背影已經快跑到下一條大馬路了。曼尼站在人行道上，拿著一支木製球棒對著他們揮舞。

維加也坐了起來，背靠著店外的牆壁，鮮血從他的鼻子滴下來。

我摸摸身上的牛仔褲，但心裡很清楚所有的東西都已經不在了。我被那兩個傢伙搶劫了。我的鑰匙和零錢散落在人行道上，還有維加滴落的血也是。

雨開始變大了。

我坐在溼淋淋的地上，看著哈伯和蓋利跑過街角。我握著拳頭不停的搥水泥地，直到皮膚滲血才停下。

✦

那就是我坐在警車後座的感覺。曼尼報警之後，出現在雜貨店的就是之前拿探照燈照我們的白人男警和黑人女警。

和結冰的柏油路一樣冷。

他們向我和維加提出很多問題，但大多數的問題我們都沒有回答——我們不知道毆打我們的是誰，也不知道為什麼被毆打。我們沒看清楚他們的長相。我們不需要你們用警車載我們回去住的地方。

我和維加一點都不想要被兩個警察送回聖尼可拉斯社區，讓每個人看到我們，然後開始懷疑我們是不是偷了人家什麼東西。

我們現在會坐在警車後座的唯一理由是曼尼認識維加的媽媽，他要求警察載我們回家，以確保我們不會再度遭到攻擊。他甚至還給了警察我們的住址。

所以我們現在才會坐在這裡。

我的頭痛得像裡面塞滿了紅色辣洋芋片，也感覺像是腫起來了。媽媽一定會不高興的。維加看起來比我更慘。

坐在警車後座是不是表示你已經被逮捕了呢？

他們坐在前座，我們被關在後座。我覺得自己像個罪犯，可是我又沒有做錯任何事。這是我們兩個的初次體驗，我不禁在想，我們以後會再坐在警車後座嗎？

我一點都不喜歡。

雨仍然下個不停，而且越下越大。沒有人開口說話。除了雨刷擺動的吱吱聲和警方無線電偶爾發出的噪音，唯一剩下的就只有雨滴落在警車車頂的滴答聲。

我們在弗雷德里克．道格拉斯大道和第一百二十五街交叉口的紅燈前停下，我瞄了維加一眼。他在另一側的座位上縮著身體，靠在車窗上看著外頭的雨。

天色很暗，但紅燈的光從外頭射進來，將他的臉照得像火一樣紅。

「你要告訴你表哥嗎？」我輕聲問。

維加慢慢的轉向我，頭歪向一邊肩膀。他一隻眼睛又瘀又腫，看起來幾乎像要睡著的樣子。然而從他看著我的眼神，我知道他並沒有絲毫睡意。

他的眼神冷酷，眼睛裡還有其他我無法分辨的情緒。

他變了。

那個舊的維加被留在曼尼雜貨店前的人行道上，這個和我一起坐在警車後座的新維加則是我從沒見過的陌生人。

27

我用最小最小的那些組成我哥哥的臉。全都是樂高積木。小小的、棕色系的樂高積木。

這時我才發現自己已經好久沒想起杰邁恩臉上的疤了。他小時候在遊戲區勾到鐵絲網絆倒，而在臉頰上留下的那個小疤痕。

過了好幾年後，我問杰邁恩他的疤到底是怎麼來的，他告訴我，他其實是在遊戲區和另一個孩子打架，被推了一把，才摔到其中一片鐵絲網上。

他臉頰上的疤並不明顯，幾乎看不見，可是一直留在他臉上。

杰邁恩現在的臉變得超大的，就像塔特爾玩具帝國的黑海盜一樣是由樂高組成的，但是他的臉也泛著紅光，積木從棕色變成鮮豔的紅色，然後彷彿花朵快速發芽似的從磚牆鑽出來。

他的臉嵌在一堵紅磚牆上。

曼尼雜貨店外頭的牆。

杰邁恩長方形的眼睛從磚牆上凸出瞪著我，我突然發現這一切太瘋狂了，而就在此時我的眼睛睜開了。

天花板。

我仰躺在自己的臥室裡。

有一瞬間，我以為自己動不了，但當我終於移動身體時，突然希望自己沒有亂動。我全身又痠痛又僵硬，還得想一下才記起為什麼會這樣。

我想起昨晚在雜貨店外發生的事。

杰邁恩的臉像一堵紅色的磚牆。

我伸出手撫摸自己的臉，我的眼角都是淚。我再一次閉上雙眼。

緊緊的閉上。

當我躡手躡腳的溜進廚房吃早餐時，全身的骨頭都還在痛。媽媽已經站在廚房裡泡她特製的立頓檸檬茶。她穿著保全人員的制服，差不多要出門上班了。

我在餐桌前坐下，開始吃她為我放在桌上的那碗玉米片。一切進行得很順利，直到她從瓦斯爐前轉頭，問我為什麼戴著非洲帽吃早餐。

我把帽子拉得很低，蓋住我的額頭。

我昨晚運氣不錯。我和維加要求從曼尼雜貨店載我們回來的警察，在第一百三十街和第七大道的交叉口附近放我們下車，好讓我們自己過馬路走回社區。

如此一來，就可以避免讓別人看到我們和警察在一起。維加真聰明，想得出這種好辦法。

更幸運的是，我回到家時，媽媽已經進她房間休息了，所以我也直接回到我的臥室。她昨晚沒看到我，而我希望她今天早上也不會仔細看我。

天知道我錯得多離譜。

「被搶了！」她大吼，「你說你被搶了是什麼意思？」

媽媽一把抓下我的帽子，當她看到我頭上超大的腫塊時倒吸一口氣，舉起手遮住她的嘴。

她將我的頭轉過來又轉過去，我猜她是在檢查我的傷勢。

她站在那裡瞪著我好一會兒，手仍然遮在嘴巴前。

「華勒斯，你還好嗎？」

「我覺得還好，媽，」我說謊，「相信我。」

「是誰幹的？」

我聳聳肩，連做這個動作都很痛。「一夥人。我不知道是誰。在東區的雜貨店外面。」

「你不知道？」媽媽問，「你沒看到他們嗎？」

「天色太暗，而且還下著雨。」我攪著玉米片說道，低頭看向地板。

「為什麼沒人告訴我這件事？」她問，「你說是警察送你們回來的？他們應該要告訴我啊！」

「他們只是依照我們的要求做而已。」我說，「我們不想引起騷動——」

媽媽咬牙切齒的噓了一聲，警告我閉嘴。

我從來沒見過她認真的噓我，這倒新鮮。我媽媽現在變成了一條蛇。

「我怎麼說那支手機的？」她大吼，「嗯？我怎麼告訴你的？」

「你是在怪我嗎？」

「全都是你的錯！」

「啊？我的錯？」

「對！」她說，「首先你一直煩我，硬要我買那支該死的手機給你。然後你拿出來炫耀，讓你自己被搶。」

我可沒有那麼做。「我沒有拿出來炫耀。」

媽媽伸出手指在我面前搖晃。「我警告過你，我警告過你了。看看現在出了什麼事，你被揍得滿臉瘀青。」她猛然轉身，走到玻璃窗前。

趁她背對著我，我決定把帽子戴回頭上。光是舉高雙臂就讓我痛得不得了，現在連心裡也開始產生受傷的感覺。

「你說不定會被殺。」我聽到她低聲說。她轉回來看著我，一臉倦容。「趕快吃一吃，去洗個澡，好嗎？我們要去看醫生。」

「去衛生所？」

「廢話！」媽媽大喊，「不然要去獸醫院嗎？你到底在想什麼？」

「但是你要上班啊，」我說，「你已經遲到了。」

媽媽吐出一口氣。「今天不去了。現在，動作快！立刻！馬上！羅利，快點準備好出門。你知道到那裡要等多久。」

我站起來準備去洗澡。我只吃了一點點，但反正也不餓。我轉身就要離開。

「你不應該怪我的。」我說。

她沒說話，只是大大的嘆了一口氣。

之後的星期一，我和蘿絲一起靜靜的工作。

有時並肩而坐，有時跨過對方身上，好彎腰將樂高積木壓進它該放的地方。

我沒有特地告訴她關於我被搶的事。有一瞬間，我很怕她會衝出去為我報仇，導致她自己受傷。但從她在我們的樂高之城房間裡看我的目光來判斷，她似乎已經知道了。

她以同情的眼神看著我。

不管怎麼說，我不知道自己為什麼會擔心蘿絲去找哈伯和蓋利——畢竟她之前已經單挑過那兩個混蛋，而且把他們揍得屁滾尿流了。

可是我和維加卻無法對他們做什麼。

媽媽總是說千萬別低估女人。

我決定休息一下，於是站起來往後退，仔細打量我們最近的創作。

這次新建的作品和以前不同。我們從來沒有組過像這樣的東西，讓我感到既驕傲，卻也傷心。

「那是什麼？」維加問。

我轉身看著他快步走進樂高之城的房間，他腫脹的眼睛看起來好多了。

「你上哪兒去了？」我問他，「你今天缺了好幾堂課。」

維加繼續走向我們組裝的作品。蘿絲停下手上的工作，瞪著維加的眼睛。他注意到她的舉動，皺起眉頭。

「你還在禁足中嗎？」我問維加。他沒回答我，只是繞到我們新作品的另一側，然後瞇起眼睛專心的看著某樣東西。

「這是彎的。」他簡潔的指出。

我皺著臉，告訴他，「那是一座橋，老兄。我們知道它是彎的，維加。我們待會兒打算把其他地方的積木加在那一側上。從……」

維加彎腰，伸手做了一件沒人要求他做的事。他試著將其中一堵牆推向我們的橋，結果弄得那一側的積木全倒了下來。

我和蘿絲像是看見瘋子似的，不可置信的瞪著他。

但是他沒有道歉，反而從鼻子裡「哼！」了一聲，搖了搖頭，直起身子倒退著往門口走，臉上掛著一絲惡劣的微笑，彷彿他是半故意的。

我好生氣。

我朝著維加準備衝過去，卻被人從背後一把拉住。蘿絲伸手抓住我的肩膀，痛得我齜牙咧嘴。

「蘿絲！」我說，「你瘋了嗎？」我的背還是痠痛得不得了。

她只是看了我一眼，然後走到被維加損壞的橋那邊，開始修復。

我過了好一會兒才有辦法加入她。

我的心情甚至過了更久才平靜下來。最近我一直覺得很煩躁，但是維加的舉動對我來說更是雪上加霜。

就像將我壓進更深更深的水底。

28

我蹲伏得更低，好仔細的看清楚底下的格梁。梁柱沒有問題，但我還是認為應該要簡化地基。現在的設計浪費太多積木了。

接著我突然想起這一切都無所謂了。過去這一個星期以來，我和蘿絲合作蓋出這個最後的作品。

不過我們已經沒時間了。

再過幾分鐘，他們就會進來把我們的橋搬出儲藏室，移到中庭花園。通往戶外的兩扇大門被完全拉開，我不時聽到ＤＪ播放的音樂節奏從外頭傳來。

「羅利，準備好要把它移出去了嗎？」阿里先生問。

他從兩扇大門之間走進來，身後的陽光好耀眼，讓他的臉完全籠罩在陰影裡。

蘿絲高壯的黑色剪影也從兩扇門之間緩緩步入，她等在阿里先生身旁，揉著自己的手肘。

「你死了之後，他們會埋了你，」我聽到蘿絲說，「但是你的靈魂會飛上天，和星星在一起。」

我站起來，皺起眉頭。因為上星期被蓋利壓在水泥地上揍，我的背到現在還有點痛。衛生所的醫師認為我沒事，媽媽和爸爸聽到不會留下什麼後遺症時大大鬆了一口氣。

我想到我和維加是如何告訴父母我們在雜貨店前被壓在人行道上揍，還有那些壞傢伙隨機犯案搶走我們手機的事。我猜我們對父母撒謊，說我們不知道搶劫者身分應該是對的。

我很怕有人說我是告密者。

我右眼上方的腫塊還是會痛，屁股也因為跌坐在水泥地上而瘀青，不過我並沒有將這一點告訴任何人。

這一整個星期，幾乎只要我一動就全身發痛，簡直像每天都被人提醒一百萬次我被痛毆了。

我無法忘記。

最讓我難過的是，我失去所有和蘿絲勘察建築時拍的照片。

我甚至來不及將照片備份。

「我想我準備好了，」我終於回答阿里先生，「讓我們動手吧！」

我站在早晨的中庭花園裡，環顧四周的聖尼可拉斯住宅大樓，把半個熱狗塞進嘴巴裡。

ＤＪ開始放我最喜歡的一首歌的「淨化版」，但我覺得拿掉那堆髒話聽起來就有點不夠寫實了。不過在課輔中心這類的活動場合裡，阿里先生向來不允許任何人播放他所謂含有不良意識或下流用語的歌曲。

媽媽沒辦法來，因為她今天要去為上次請假的那天補班。

我在想笨蛋維加不知道跑哪兒去了，自從幾天前他把我們的樂高弄垮之後，我就沒再見過他。

我不時會想要傳簡訊給他，然後才記起我和他的手機都被搶走了。想起來之後，我會氣上好一陣子。說來好笑，不過才短短幾個月，我卻已經對手機如此依賴。

我偷偷觀察來參加健康美食嘉年華的人，同時拿著一罐冰涼的飲料抵住我的頭，冰敷前額。感覺好極了。這幾天來，這麼做已經成了我的新習慣。

「喂！羅利！」小潔斯敏・大衛大喊，朝我衝過來，在我身邊轉呀轉。「我猜你一定抓不住我！」

我吞下最後一口熱狗，往她的方向一跳，拉住她一條辮子。她尖叫，笑著跑開。她只有七歲。

我在中庭追著一群小孩跑，他們的父母坐在周圍的公園長椅上看。阿里先生招手叫我過去正中央ＤＪ的舞臺處，也是放置我們樂高之城的地方。

「羅利，」阿里皺著臉問我，「蘿絲去哪兒了？你們兩個應該站在你們的作品附近，如果有人想發問，你們才能回答。」

我對著他皺眉。「他們要問什麼？」

「問題！」他說，「乖乖的站在附近，小兄弟。去把蘿絲找來。」

這兩件事怎麼可能同時進行呢？

阿里轉過頭開始對ＤＪ說話。

就在今天早上，我城市的兩個區域加上蘿絲城市的兩個區域被搬到了戶外。看著照耀它們的是燦爛陽光，而不是儲藏室裡的微弱燈光，這種感覺很奇怪。像這樣放在社區戶外中庭展示，讓哈莫尼更像一座魔幻之城，既明亮又奇特。

這個大家都認同的點子是阿里先生提出來的，雖然一開始我並不確信是否可行。我和蘿絲為了今天，合力創造一個全新的作品。我們一起組裝了一座超大的樂高橋，將她的城市和我的城市連接起來。

連接蘿絲那側的橋設計相當尋常，風格和她縮小版真實建築物所組成的樂高之城類似，然而到了橋的中段，外型就開始起了變化，我的魔幻風格開始滲入，越來越強烈，等橋連接到我的樂高之城時，呈現的就是直接從我腦袋裡跳出來的、如夢似幻的模樣。

天氣其實滿熱的。

橋架得很高，小孩子或是身材較矮的人甚至可以彎腰從橋底下鑽過去。

組裝新橋讓我不再去多想和哈伯、蓋利之間的事。維加需要類似這樣的東西，好讓他不要一直去想。

我猜他拉小提琴應該也有相同的效果，只是最近我很少見到維加。他已經不來課輔中心了。不過他今天應該會來吧？

我看著漫步在中庭裡的人，比之前多了不少。到處都沒看到蘿絲，她大概也還在生悶氣吧？

我覺得自己被遺棄了。

我輕輕上下晃動我的頭，俯視被搬到戶外的哈莫尼瘋人鎮，也就是所有怪物居住的地方。

一位女士帶著小男孩走過去，那個大約四歲的孩子伸手想觸摸我的樂高作品，不過那位女士不斷把他拉開。

那個媽媽對我微笑，她的假睫毛很長。「你是羅利，對吧？」她問。

「是的。」我回答。

「你和大蘿絲是真正的藝術家！」她說，「我們之前見過，很久以前在珍奈家。你那時才跟他一樣大呢！」她指著她兒子。「我是珊蒂。」

「很高興見到你。或者應該說，很高興再次見到你。」

「你和蘿絲應該要為自己感到非常非常驕傲。」珊蒂說。

我露齒微笑。

「要拍了，一二三，笑！」

我再度微笑，讓老先生用手機拍照。

「拍好了。」他一邊說，一邊檢查照片拍得如何，「建築大師！謝謝你讓我照相，小兄弟。」

「我才應該謝謝你。」我說。

他和他年紀很大的太太又對我笑一笑，然後才慢慢的走向免費幫人量血壓的衛生所紫色攤位。

整個下午差不多就是這樣。所有我不認識的人，還有許多我沒見過的人，全衝過來告訴我他們有多麼喜歡我的作品。

從我們把樂高移到戶外後，我就一直沒看到蘿絲。現在已經快下午四點了。維加也沒有出現，我實在很不希望他錯過這次的盛會。

我猜他還在生我的氣。

連佛瑞迪的朋友貝特雷．瓊斯都來了。

他是一個很奇怪的孩子，不但講話像個鄉下人，甚至戴著一頂紫色格子布做的帽子。貝特雷說他不住在社會住宅裡，而是和他父母住在糖山。

這是我第一次見到他。

他喜歡我的非洲帽，一直稱讚它「很可愛」。我在心裡想，他一定是同性戀。異性戀的男生才不會用「可愛」來形容任何東西，除非他們是聚在一起談論女生。

「所以你就是羅利。」他說，上下打量我。事實上他根本是在瞪著我，彷彿我是他讀過的故事書主角，突然走出書本活了起來。

「佛瑞迪告訴過你我的事？」我問。

貝特雷很快的搖了搖頭。「才沒呢！」他以很滑稽的南方口音說。「佛瑞迪很少和我講話，我和他哥比較熟。」

「喔，真酷。」我們就這樣站在那兒好一陣子。就在我要開口時，他突然又說話了。

「一直在教你女朋友的就是我。」他說。

我完全聽不懂他在說什麼。

貝特雷露齒微笑，他的兩顆大門牙之間有道明顯的縫，看起來活像個傻瓜。

「你的女朋友桑妮對吧？」貝特雷說，「我爸媽是糖山『卡茜姑媽南方餐廳』的老闆。一直在教桑妮烹飪的就是我啊！裹了巧克力的糖果，還有其他……辣椒……」

正當我開始在腦袋裡問自己這個傢伙是不是個超級怪咖時，他突然毫無預警的跑開，算是回答了我的問題。

貝特雷・瓊斯。

瘋子。

就在此時，桑妮和她媽媽出現了，走到我的身後。貝特雷一定是在我看到她們之前就先看到了。很難不注意到她們，畢竟桑妮和她媽媽兩個人戴著一模一樣的非洲頭巾。顏色超鮮豔的。

她媽媽杜絲是個黑人激進分子兼餐廳服務生。杜絲穿著一件黑色T恤，上面印著「新黑豹黨」。接著，我注意到桑妮的手臂掛在吊帶裡。當我看到她這副樣子時，突然間有點為她感到難過，甚至擔心。

「你還好嗎？」我指了指她的手臂吊帶，開口問道。

桑妮點點頭。「剛剛那個人是誰？是貝特雷嗎？」

我點點頭。「我猜是吧！」

桑妮的媽媽問她，「餐廳那個貝特雷？」

哈林區還能有幾個貝特雷？甚至全世界也很難找到第二個吧？

「嗯。」杜絲繼續說，「我在想他為什麼不留下來跟我們打招呼？我希望那不是表示我工作上出了什麼問題……」

桑妮露出尷尬的表情，對我說：「恭喜你，羅利，每個人都好喜歡你的作品。看來我是錯的。」

杜絲瞪大眼睛。「等一下，桑妮！我的耳朵一定是壞了，因為我剛才聽到你承認自己是錯的？可我知道那是不可能的，我一定是聽錯了！」

桑妮不理她。「羅利，你的城市哈莫尼非常美。你是個真正的藝術家。」

我覺得有點熱，腫起來的地方開始發癢，所以我將非洲帽稍微往上拉。桑妮的媽媽這才看到我眼睛上方的瘀青，驚訝的睜大了眼。她往前站一步，縮短我們之間的距離。

「你的臉出了什麼事？」杜絲問，語帶懷疑與警戒。

我聳聳肩。「沒什麼。」

桑妮的媽媽瞇起眼睛看著我。

「已經沒有腫得那麼大了。」桑妮對我說。

「嗯，對啊。」我移開目光，再把帽子拉下來蓋住瘀青的部位。

「呃，你應該為自己感到驕傲，親愛的。」她媽媽一邊嚼著口香糖，一邊對我說。

我問桑妮為什麼她的手會受傷，她突然露出很難堪的表情。她媽媽在她額頭上吻了一下，伸手環抱她的肩膀，很簡短的說：「追野狼。」

「什麼？」我問她媽媽。

「不要問了，羅利。」桑妮說，「我告訴過你，媽媽，牠不是野狼。」

我很慶幸維加不在這裡，不然他看到桑妮的樣子一定又會故意取笑她，然後他們就會開始吵架。而那絕對不是我想要看到的。

「那麼我們課輔中心見了。」我對桑妮說。

她微笑。桑妮似乎變得和以前不一樣了。

在她帶著她的手臂吊帶離開後，約瑟夫．馬堤和他女朋友莎蒂過來和我聊天。不過我不得不中斷和他們的談話，好去招呼我的鄰居史蒂夫．杰金斯。他看了一眼我的臉，就問我是不是打架了。

我聳聳肩。

他看著我，嘆了一口氣。突然間，不知道為什麼我心裡充滿了罪惡感。史蒂夫在耶誕節送我的那本書是開啟這一切的鑰匙，他對我的看法對我來說很重要。

史蒂夫也帶了女朋友來，他很仔細的看著我的作品。「這實在太神奇了，小兄弟。」他女朋友贊同的點點頭。

「謝謝你，老兄。」我說，「其實我做的不只這些，不過因為社區中心需要空間，所以我只能拆掉一部分。把它們放在健康美食嘉年華展示是阿里先生的點子，等到晚上，所有的樂高作品就都得拆掉了。」

「真是太可惜了，所以在這裡的展示就像是最後的喝采。」史蒂夫說。我不知道那是什麼意思。「全部都是你做的嗎？」他對著樂高之城點點頭，開口問道。

「這兩個區域是我做的。」我指著哈莫尼那邊，「那兩區則是我的朋友蘿絲做的。」

史蒂夫揚起眉毛。「大頭蘿絲？」

我點點頭。

史蒂夫轉向他的女朋友說：「蘿絲是特殊生，就是幫他組樂高的那個朋友。」他的女朋友叫蕾香妮，人很好，也很漂亮。

「太棒了，羅利。」蕾香妮對我說，「當史蒂夫叫我過來看看時，我沒想到會看到這麼棒的展示作品。天啊！你的技術真是一流的。」

「這些應該放到藝廊展示才是。」史蒂夫說。

「或者也可以放在網路上。」蕾香妮加上一句。

「聰明的點子，蜜糖。」他對她說，「羅利，站到蕾香妮身邊，離你的作品近一些。」

接下來的二十分鐘，我站在我們的樂高大橋前面和蕾香妮一起讓史蒂夫拍照和攝影。我講解樂高之城的細節，他將一切拍攝下來，就像你會在CNN美國有線電視新聞網上看到的報導節目一樣。

當我談到杰邁恩時，發現自己已經沒有像以前那麼傷心了。就某種意義上而言，這個城市是我為哥哥建的。

史蒂夫將我拉到一旁。「你哥哥選擇一條容易走的路。」他對我說，「我看得出來，你很努力。你不會想變成那種只願意隨波逐流的傢伙。你不會想讓你媽媽再一次經歷那種痛苦。」

我開口想說話，卻什麼都說不出來。

史蒂夫告訴我，如果遇到什麼問題就去找他或其他人幫忙。他在離開之前指著我說：「別惹麻煩啊！」

那天最棒的事就是，爸爸終於看到我的作品了。他一個人來。那天是星期六，所以爸爸接著要趕去河谷鎮參加一個兒童派對。他臉上已經化好小丑洛奇大部分的妝，一來就告訴我他在趕時間。

我覺得他只是很喜歡化小丑妝罷了。

他看到我的第一件事就是檢查我臉上的瘀青。他談到要送我去學武術，不然學拳擊也可以。然後他批評媽媽。「蘇艾倫讓你變得軟弱。她還是常常和那個娘娘腔的強納森在一起嗎？」

「你知道答案的，爸爸。你看到我的作品了嗎？」我指著樂高之城。

我想他以為自己會看到跟去年耶誕節我做的城堡差不多大小的作品，但是即使只展出兩個區域，這次的作品不僅尺寸變大，而且也複雜許多。

我成長了。

他吃驚的張大了嘴，就像維加專心在拉小提琴時那樣。

「華勒斯，」爸爸對我說，「這實在是太夢幻、太棒了。建造這些東西所需要的藝術技巧，還有想像力……」他抓了抓自己的下巴，小丑妝的紅色油墨碎屑在空中飄揚。「誰會想到我們多年前買給你的小小樂高，如今會成長到這麼壯觀的地步？」

「做這些讓我快樂，」我說，「讓我覺得我還是我自己。」

等到那天結束，每個人都離開之後，蘿絲總算再度出現。

我沒問她去了哪裡或為什麼在展覽時不見人影。到了現在，我已經明白她處理事情有一套自己的邏輯。

我想，面對群眾真的不是她擅長或喜歡做的事。

當剩下的兩個主要負責人和ＤＪ在收拾器材時，我和蘿絲也安靜的動手拆除我們的主要作品。我們沒向對方說一個字，只是默默開始將樂高之城拆成一小塊、一小塊或零碎的積木。大多數的積木都進了當初伊凡娜送給我時所裝的垃圾袋裡。

我和蘿絲各自保留了一小部分。

我決定把大多數的樂高積木送給聖尼可拉斯社區中心的兒童遊戲區。阿里先生說他會負責送過去。我的想法是，既然我沒辦法保留全部，不如讓所有聖尼可拉斯的孩子都能用它們來組裝各式各樣的東西。

創造他們自己的世界。

我已經學到分享你的東西會比獨占更好，你得到的回報將遠比你以為的更多。阿里先生甚至說社區中心說不定明年會主辦一場哈林區三公尺樂高塔競賽，換我和蘿絲去當評審。

我喜歡這個點子。

回到樂高之城的房間——或者現在只能說是儲藏室了——我們把蘿絲的縮小版城市和外星大都會哈莫尼剩餘的部分也拆除乾淨。

我很驚訝這麼快就拆完了，組裝時可是花了好長好長的時間呢！然而摧毀它卻只是一眨眼的事。

我猜要拆掉一樣東西遠比建設它快多了。

我看著一切逐漸消失，心裡感到既滿意又沮喪。我們投注了大量心血在這些作品上，但同時也學到了許多。

而它澈底改變了我們。

稍早下午的時候，我在爸爸欣賞我的展覽品時，對他說了一些我以前絕對不會說的話。他知道我的手機被搶，說要再買支新的給我。他對我說：「無論你需要什麼，爸爸都會像個超人永遠在你身邊。不管你媽媽在背後說我什麼。」

我回應他。「我真希望杰邁恩需要你時，你也在他身邊。」話一出口，我立刻覺得自己這麼說很傷人。

然而，這句話卻讓他陷入沉思。

過了一會兒，他說：「不要怪我，華勒斯。」他的意思是我不應該指責他。「不要怪我。你無法完全了解另一個人，兒子。那不是真的。你媽媽拒絕我，把我扔出你們的生活。要怪的話，你就怪她吧！」

他轉向我的樂高橋，又看了最後一眼，然後伸手抹了抹眼角。「化妝塗料跑進去了，」他說，「讓我的眼睛很不舒服。」

爸爸動作僵硬的擁抱我。

「我要遲到了。」他說著，看向手錶。

他轉身要走，但我叫住他。「在和媽媽離婚之前，你不會化那個小丑妝出門，你也從來不曾露出你和後來的女朋友在一起時的那種笑容。我覺得和媽媽在一起，你其實並不開心，爸爸。也許你們兩個分開是一件好事。」

爸爸又抓了抓他的下巴。「也許是吧，華勒斯。」他說著，搖了搖頭。「我只是在想，如果我和你媽沒有分開，即使我們之間的問題還是存在，但小狐狸會不會有個比較好的下場。」

爸爸以前總是叫杰邁恩「小狐狸」，因為他向來很狡獪。

爸爸嘆了一口好大的氣。「我要遲到了。我真的得走了。」

29

星期一我從課輔中心走路回家時，經過一輛大聲播放嘻哈音樂的車，就停在聖尼可拉斯社區旁。我放慢腳步，但沒有停下來，試著想認出擠在那輛車裡和外頭的人是誰。那邊聚集了好幾個青少年和漂亮的女孩子。

費瑞多和喬沃內坐在後座，車門開著。費瑞多的幾個表弟則靠在引擎蓋上。而坐在副駕駛座的居然是維加。

一派悠閒的模樣。

看到這景象讓我很生氣。維加沒時間來我的樂高展覽，可是卻有時間和這些傢伙混在一起玩樂？

他發現我在看他，想要下車，可是被費瑞多拉住了。接著，費瑞多自己下了車，往我的方向走，他先看了看四周，再把褲頭往上拉了拉。那一瞬間，我瞥見插在他腰間的手槍稍微露出握把。

「嘿，」他叫我，指著前方的人行道，「我們散個步吧！」

「好。」我回答，反正我也沒得選擇。

我和費瑞多在人行道上走了好一會兒，兩個人都沒說話。他抬頭看向大樹。等我們離車子有一段距離後，他停下來瞪著我。

「我之前不是叫你要和凱斯好好談一談？」他說。

「我根本見不到他。」我說，「他跑去哪兒了？他連健康美食嘉年華都沒來。」

費瑞多摸了摸自己的側臉。「我聽說了。他生病了，不過現在好了。對了，恭喜你，有人傳了你那些作品的連結給我。」

「謝謝。」

他慢慢的點了點頭。「樂高，是嗎？」

我將目光移回維加身上，他正一臉緊張的看著我們。費瑞多拉著我走得更遠一些。

「維加沒告訴我他病了。」我說。

「他被哈伯和蓋利揍了一頓，你知道的。事實上，我很擔心我表弟，小兄弟。我很擔心你們兩個。這個哈伯和蓋利——東區幫派的事。」

「為什麼他們這麼迫切的想要你加入他們？」

費瑞多停下腳步，我也跟著停下來。他又拉了拉褲子，瞇起眼睛看我。

「嗯，」費瑞多撫摸他下巴的鬍子，露齒微笑，「羅利，那些人想要我加入，當然是因為我實在太厲害了。不過呢，我只想做自己的事！」他大笑，「你懂嗎，千里達島民？」

我跟著他一起露齒微笑，然後哈哈大笑。其實我不大明白他的意思，不過我一點都不想惹他生氣。費瑞多長得很帥，他的笑容足以讓任何女孩願意為他做任何事。不過我看到他的笑反而會緊張，因為它來得快，消失得也快。

費瑞多靠近我，臉幾乎要貼在我臉上。「我是個有領導力的頭兒，千里達島民。你會想跟我的人站在同一邊的——你和我表弟。好好想一想。」他拍拍我的臉，伸手將我的身體轉向，讓我面對著車子。

我告訴他我會想一想。我不喜歡每天過著提心吊膽的生活。

「仔細想。」費瑞多說，「好好想。」

我想到哈伯和蓋利，想到我有多麼想毀掉他們。是他們強迫我不得不選這條路——這條我一直躲避、避免去選擇的路。

可是現在……

「我會保護你們！」費瑞多用西班牙語說。在我們擊掌之前，他又露出微笑。

「哇喔，羅利！」戴睿爾．雷諾斯大叫，「又有一百個人給你的網頁按讚，天啊！你真的暴紅了！」

我沒有手機，無法自己查看他在講的事，實在是太討厭了。我扔下鉛筆，不再寫數學題目，反而在桌子上趴下。

我也討厭維加不在這裡。今天是放春假前的最後一天，可是他整個星期既沒去上學，也沒來課輔中心——持續曠課中。

前一天在聖尼可拉斯外面遇見費瑞多和他的小弟之後，我還特地跑到維加家去按門鈴，可是沒人開門。我懷疑維加是不是就在他房間裡，只是不出聲，或者他說不定已經走到大門，從門孔看到是我，故意不開門。

他不跟我說話。

感覺很奇怪。

那天我走下樓梯回到自己家，想著維加的轉變，想著他變得多麼的安靜、多麼的疏離。我至少還有樂高，它帶來的興奮和需要的專注，幫助我不去胡思亂想。

但是維加有什麼呢？除了一再的在腦海裡重播發生的事，讓心裡的怒氣越積越深之外，他又有什麼呢？

好吧，他還在拉小提琴，也很投入音樂。

但是……

現在戴睿爾的手機螢幕顯示有一萬多人在追蹤我，換句話說，從上個週末之後已經增加了一萬人。我簡直不敢相信。

「等等！」奎特莎大叫。她彎腰靠向桌子，將戴睿爾的手機轉向自己。「哇喔，羅利！你出名了！」

「奎特莎，坐回自己的位子。」珍娜小姐說著走到我們身邊，「你們就不能好好坐著嗎？」

「是我的網頁，珍娜小姐。追蹤我的人比上個星期多了一萬人呢！」

珍娜小姐以一種不知道我在說什麼蠢話的表情看著我。「羅利，你在說什麼啊？一萬個人追蹤你？為什麼？」

「因為他的樂高，小瓢蟲。」戴睿爾告訴她，「每個人都很喜歡他的作品。」

「讓我看看！」珍娜小姐說。戴睿爾將手機遞給她。她揚起眉毛，點點頭。「嗯，我不意外。我們都很愛哈莫尼，羅利，它實在太棒了。還有你發明的『大師遊戲』對吧？看到其他的人也喜歡，我一點都不驚訝。你的作品非常特別。」

「那你們為什麼要強迫他拆掉？」奎特莎不高興的問。

「那不是我決定的，奎特莎，」珍娜小姐回答，「也不是我可以決定的。不過我很高興它被保存在網路上。好了，戴睿爾R，手機收起來，現在是念書的時間。還有，不要再叫我小瓢蟲了。」

戴睿爾把手機放進口袋，在珍娜小姐轉身離開後，對我耳語，「你出名了，羅利。太酷了，兄弟。」

我自己倒是沒那麼想過。我從來也沒有因為任何事情而受到外界肯定，但是如果我真的變有名的話，我很高興是因為創造了哈莫尼。

我仰躺在自己的床上，用大拇指翻動著《菲麗絲．惠特莉作品集》的書頁。原來詩並沒有我以為的那麼無聊，不過我今天覺得自己就要爆炸了。

我很氣維加在這種時刻居然不在這裡。他最近的行為已經持續好一陣子，讓我很厭煩。我希望他不要太常和費瑞多一起消磨時間——他的表哥總是能讓本來就不好的狀況變得更糟。

我在床上坐起身子。

我丟下詩集，快步走到房間另一邊。我決定把從樂高之城的房間搬回來的迷你炮塔放到比較高的書架上。

媽媽答應我可以將一部分的哈莫尼留在自己的臥室裡，只要我不再像以前那樣占滿整個公寓，她就沒有意見。

我看著門後吊掛鏡裡的自己，真希望鼻子不要這麼凸，也不要有鬥雞眼。

我又讀了幾首詩，可是注意力突然被吸引到天花板上。一隻蟑螂。

我站到椅子上，拿著我黃色的夾腳拖用力打下去。我知道媽媽不會想讓他們錄到有蟑螂在我們的天花板上爬行。我站在那裡，看著黏在夾腳拖上扭動的殘缺蟲身。

媽媽推開我的門。她站在那兒好一會兒，只是對著我笑。她和我一樣興奮。我將蟑螂屍體彈進垃圾桶裡，又躺回床上。

「你累了嗎？寶貝？」她問，「我知道我累了。最好有人趕緊抓到那隻在附近亂跑的公雞。每天天一亮牠就叫個不停，吵得人根本沒辦法睡覺。」

我昨天看到好幾個社區清潔人員拿著網子在追趕那隻骨瘦如柴的小紅雞。他們抓不到牠，那隻瘦小的雞跑得真是快。

門鈴響了。我跳了起來。媽媽舉起一隻手，「你坐下，我去開門。」

她拉開大門，外頭是準時到達的電視新聞採訪團隊。因為我的樂高之城和它在網路上引起的熱潮，一家地方新聞臺的西班牙裔記者想來採訪我。

攝影師將器材架設好後，我坐在床上，後頭放了許多樂高作品，和記者康妮一起談我到目前為止的創作。

我很緊張，伸手揉了揉眼睛上方被媽媽用遮瑕膏蓋住的瘀青。我低頭看著自己剛剛觸摸傷處的手指，發現沾到不少咖啡色粉末。

「羅利，累積到現在有將近二十五萬人在追蹤你的網頁。」記者康妮宣布。

「我比任何人都吃驚。」我回答。

「為什麼會選擇樂高？」她問。

我想回答她，可是腦袋卻一片空白。我的思緒卡住了。我彷彿沉默的坐在那裡好久好久，才聽到媽媽的聲音。

「說點什麼，寶貝！」媽媽大喊。她站在攝影師後面，身子倚在我臥室的門上。

「你們能把她的聲音剪掉嗎？」我問康妮，不想讓自己在電視上看起來像個傻瓜。我幾乎可以聽見桑妮和維加取笑我的嬉鬧聲了。

「喔，親愛的，」康妮說，「你完全不用擔心。我們會仔細編輯，讓你在訪問中看起來就像個超級聰明的年輕人，和你本人一樣。」她微笑。我從來沒見過任何人有這麼白的牙齒。「我們團隊很厲害的，你會得到最好的照顧。」

「為什麼會選擇樂高？」我對她說，「嗯……」

老實說，我已經很久沒去想為什麼自己會這麼喜歡樂高了。我的第一組樂高是爸爸送的，就是一桶再普通不過的積木。

等我再大一點，杰邁恩在耶誕節時送我一組樂高太空船——登陸月球小艇。我對那個耶誕節印象深刻，因為那是哥哥第一次用自己賺的錢買禮物送給我們。

那可是件大事。

他去聖尼可拉斯大道上的理髮店掃地賺錢。過了一年多之後，就是同樣的那群混蛋拉杰邁恩加入幫派，讓他也變成「街頭藥劑師」。

之後，他整個人都不一樣了。

但是在那個耶誕節，他無比自豪的用掃地賺來的錢買禮物送給我們的父母。爸爸和媽媽也好高興，那時我們全都以為他會有個光明的未來。

那個耶誕節，我猜他對於叫我不要再纏著他感到內疚，所以特地買了個好禮物想彌補我。

真好笑……

去年夏天，在杰邁恩被槍殺之前，他躺在他的床上，抱怨我的樂高太多，占滿了我們整個房間。我聽完之後，問他是否還記得他送我的第一組樂高太空船。

他面無表情——他不記得了。

我好驚訝，因為對我來說，那是多麼重要的大事。它深深的存在於我的記憶裡；它是我為什麼這麼喜歡編造外星人故事的原因。可對他來說卻是微不足道，他一點都不記得了。

那是恆星王子、火焰王、神祕皇后、星際駕駛和史旺星人，以及所有一切的根源。

「為什麼會選擇樂高？」我又對康妮重複了一次。她對我露出史上最白、最多牙齒的微笑。

我深深吸入一口氣，開口講話。

30

美好的四月天，我和蘿絲一起出門。我試著告訴她昨天電視臺來採訪的事，可是她似乎一點都不在乎。她會在意某些事，至於其他的事，她一點也不關心。

今天雖然不是週末，但因為我們正在放春假，所以還是可以出門。我們在紐約市中心的肉類加工區裡尋找新建築讓我素描。

這一區的感覺很特別，一點都不像在紐約市。腳下的街道全是冰冷的石塊鋪成的，而且我們走著走著，居然在華盛頓街發現一顆鑽石。

真的。

就在這棟很普通的紅磚建築物頂端，放置了一個超炫的玻璃……製品。它的主體就像一顆巨大的珠寶，由不規則切面的窗戶組成，而看起來應該是不鏽鋼的梁柱則將所有的窗戶串聯在一起。

我這才意識到，有人住在那裡頭。

他們在這棟尋常的建築物頂樓幫自己蓋了一個水晶屋。

就在我想為鑽石拍照時，才突然記起我的手機被搶了，而我的平板不能拍照，還好蘿絲帶了她的照相機。

一對老夫妻從那棟建築的一樓大門走出來，我們請他們幫我們和那個奇特的玻璃閣樓屋拍照。那位禿頭的老先生很高，穿了一身灰西裝。他的太太年紀也很大了，但還是很漂亮。她有一雙我從沒見過的大眼睛，還有一頭長長的棕髮。她指著我的頭說：「我喜歡你的帽子！」

我伸手摸了摸我的非洲帽，稍微整理一下。帽頂的流蘇已經開始磨損了。

「好嚴重的瘀青啊！」老太太開口，對著我的額頭皺眉，「你們喜歡我的樹屋嗎？」她問我們，站在石板路上幫我們拍照。老太太的口音很有趣，聽起來就像外地人。

「你們住在那上面？」我問。

「住、工作、愛、創造藝術，」她說著，露出微笑，「那是我的綠洲。你們覺得呢？」

「它就像顆鑽石。」蘿絲脫口而出，隨即將目光移到石板地上。她居然肯和陌生人說話，這讓我感到很驚訝。

老太太大笑。老先生對妻子說：「那些東西你確實擁有不少。」

老太太看著蘿絲，彷彿對她很好奇。

「你們對建築很有興趣是嗎？親愛的？」老太太問。

我和蘿絲一起點頭。

「嗯，那麼你們一定要去空中鐵道公園走走。」老太太指著我們後面說。

這時老先生出聲喚她，「戴安？」

她將相機還給蘿絲，和她先生一起坐進一輛黑色加長型轎車，揚長而去。

✦

老太太剛才指的是一個懸在半空中的市立公園。空中鐵道公園和我所見過的公園都不一樣。

它的前身是一個橫跨肉類加工區的廢棄鐵道區，現在則是長條狀的公園，市政府在裡頭增建了寬廣的步道，並種了許多景觀植物。

最酷的莫過於整座公園居然是懸浮在空中！

支撐公園的大柱子形狀讓我聯想到樂高積木。我們得先爬兩層樓左右的臺階才能抵達空中鐵道公園，不過爬上去之後，最特別的紐約市美景立刻呈現在我們眼前。

那是屬於上流社會的美景。

從上面看出去，遠比站在下面的馬路上看更加平和寧靜。懸吊式的兩層樓高度讓城市煩擾的噪音都消失了。沒有機車引擎的怒吼，沒有汽車此起彼落的喇叭聲。我心裡想，這兒真像是哈莫尼的一部分啊！

實在是太棒了。

我真不敢相信《建築設計》居然沒有介紹這裡。我不禁開始懷疑我們到底錯過了多少美麗的建築，只因為它們沒被收錄在那本書裡。

「我們需要更多的書。」蘿絲說。

我們兩個在步道旁的木頭大椅子坐下。我從空中鐵道公園的昂貴食物攤買了兩瓶水，本來我是想買點零食，可是他們賣的東西都太高級了。

我把素描簿拿出來，環顧四周。這裡有很多茂盛的植物，以及有趣的建築，就像一個又大又長的花園博物館。

但我一點都不認為這些是為我而建的。我可以想像戴安和她有錢的丈夫在這個靠近雲端的地方悠閒漫步，可我和蘿絲卻不屬於這裡。

「我們確實需要找更多書來研究。」我想了一會兒之後對蘿絲說，「我想要創造藝術，就像那位戴安老太太說的——在我之後的人生。希望當我和她一樣老的時候，仍然持續創作。」

「那很好。」蘿絲點點頭說，「我也是。」

「即使我們不知道要怎麼讓它發生。」我說。

她目不轉睛的盯著一個男人的金屬頭像。我剛才就注意到有好多個類似的東西散置在空中鐵道公園裡，我猜這些金屬頭像應該是展示中的藝術品。

沒錯，這些絕對是藝術品，我在心裡決定。

一個紅髮小女孩伸手撫摸其中一個金屬頭像，她媽媽站在旁邊看著她。我在想，如果我能有那樣的成長環境，被藝術品而不是被媽媽的貝思玩偶給糖器包圍，不曉得我會變得多麼不同。

貝思玩偶給糖器能算是藝術品嗎？

小女孩離開後，我也去摸了那個金屬頭像。當你握拳敲打時，它會產生回音。我在想它到底是怎麼做的？

蘿絲喝下瓶子裡的最後一滴水，然後問我，「你之後的人生都打算用樂高來創造藝術嗎？」

我沒有回答，陷入沉思。

「我不知道。」我回答，繼續撫摸那個金屬頭像。

在紐約市風塵僕僕的走了一天之後，我和蘿絲一起回我家。這是她第一次來我們家的公寓，有女孩子來訪的感覺很奇怪。

我希望媽媽不在家，並不是我試圖要和蘿絲做什麼——她只是個單純的朋友——而是我知道如果看到我帶女孩子回家，她和伊凡娜一定會大驚小怪加反應過度。

「你要吃果汁冰棒嗎？」我問蘿絲。

她搖搖頭。我隱約可以聽到媽媽的房間傳出麥可．傑克森唱著《約定》的歌聲。

「嗯，我想讓你看看我放樂高的架子。」我對蘿絲說。蘿絲開始跟著我走向我的臥室時，我聽到媽媽大喊。

「羅利！」媽媽吼道，「寶貝！我一直在等你！」

媽媽穿著毛茸茸的粉紅色浴袍衝了出來，腋下還夾著一本懸疑小說。當她看到站在走廊的蘿絲時停下腳步，像突然見到一隻老鼠似的緊緊抓住自己的浴袍。

「哈囉，蘿絲！」媽媽說。

「哈囉。」蘿絲回應。她盯著地板微笑，一臉尷尬。

媽媽疑惑的看著她，不過很快就回過神來。「我很高興你來了，親愛的。」她對蘿絲說，「我有個消息要告訴你們！你們絕對猜不到今天下午誰打電話來！」

我面無表情的瞪著她。

「嗯，你們不猜一下嗎？」她問。

「你剛剛才告訴我，我絕對猜不到打電話來的是誰。」我回答。

蘿絲咯咯笑。媽媽則翻了個白眼。

「不要再耍嘴皮子了。」媽媽說，「是塔特爾！塔特爾玩具帝國！」

「塔特爾？」我問她，「在洛克斐勒中心？伊凡娜上班的那個？」

「塔特爾先生打電話來！」媽媽大喊，「大老闆哈洛德・塔特爾今天親自打來的。他說他在昨晚的新聞節目看到你和你的樂高。」

「然後呢？」

「他對你和蘿絲的樂高之城印象深刻，所以想要你們兩個——就是你和蘿絲——建造一個以復活節為主題的作品，放在店門口的大櫥窗展示。就是在洛克斐勒中心的那間超大玩具店！」

「喔，天啊！我們今天剛去過那裡。」

媽媽繼續說：「而且他還會付你們酬勞！我猜這件事和伊凡娜大概脫不了關係，可能是她鼓勵他打電話來的。羅利！你們覺得怎麼樣？你們要不要做？你們怎麼想？」

我說不出話來，只是一逕的傻笑。蘿絲先是低下頭對著地板露齒微笑，過沒多久，她用雙手遮住自己的臉。

「你覺得我們會怎麼想？媽！」我說。

今天稍早在空中鐵道公園時，我曾幻想過如果能以藝術創作為生不知該有多好，只不過我和蘿絲都不知道要怎麼做才能開始朝著這個方向前進。

現在，甚至不用我們開口，就有人願意掏錢出來請我們去當真正的藝術家。這完完全全就是我們想要的，完完全全就是我們的夢想成真。

我很遺憾維加不在這裡。我今天問過他要不要跟我們一起去，可是他現在一天到晚關在家裡，幾乎足不出戶。

等我告訴他這個大消息，他一定會跳起來的！

我簡直不敢相信這是真的。

31

我靠在維加的床上，聽著他拉小提琴。我閉上雙眼，把冰涼的思樂寶蘋果汁玻璃瓶壓在眼睛上方的瘀腫處，然後扭開瓶蓋，喝了一大口。

在所有我喜歡的飲料之中，思樂寶蘋果汁永遠是我的最愛。它喝起來就像在吃真正的蘋果。

我把剩下的半瓶蘋果汁放在維加的床頭櫃。他坐在臥室窗戶旁一張椅子的邊緣，拿著弓慢慢拉過小提琴的弦。史蒂夫送他的耶誕禮物——那本小提琴書，就放在他身後的窗框上。能再次和他一起消磨時間的感覺好極了。

復活節快到了，從耶誕節之後發生好多事。

我問維加會不會回多明尼加過暑假——這原本應該是個讓他講個不停的話題，沒想到他只是聳聳肩，一言不發的繼續拉著小提琴。

這是我得學著適應的新情況。維加變得好安靜，不怎麼愛開口說話。

感覺很怪。

很不像維加。

他看起來既寂寞，又沮喪。

我今天幾乎是以半強迫的方式才闖進他的房裡。我應該早點這麼做的，不過我有太多自己的事要處理，所以有點忙不過來。

喔！我前幾天已經和那個姓塔特爾的傢伙講過電話了。我和蘿絲回電話給他，和他談了好一會兒。嗯，至少我和他談了好一會兒。蘿絲只是坐在我身邊靜靜聆聽，和平常一樣什麼都不說。

總而言之，塔特爾先生滔滔不絕的告訴我們，他看到我們樂高之城的影片和照片後有多麼喜歡，以及他認為我和蘿絲實在是才華洋溢之類的。

我很開心聽到他那麼說，也喜歡和他談話。他似乎是個很酷的傢伙，我們聊了好一陣子。

我問他是不是認識伊凡娜，他說他們認識，但對我也認識她感到意外。

然後，就像媽媽之前說過的，他問我和蘿絲是否願意到他的店，為塔特爾玩具帝國建造一座樂高之城，放在店面前的大櫥窗裡展示。

我聽到自己心臟撲通撲通的跳。

我像個孩童般咧嘴微笑，大聲的回答我們願意！不過蘿絲還是得先問過她的外婆。塔特爾先生說他希望我們的作品能在復活節前完成，我告訴他沒問題，時間非常充裕。

「我們的動作很快，塔特爾先生！」我說，「尤其是蘿絲，我們很專業的。」

「我相信你們確實是，羅利。」他在電話裡回答，「你們兩個年輕人創作出來的作品美極了，我非常喜歡。那麼關於酬金的細節，就等我們碰面時再來討論吧！」

「那倒無所謂，塔特爾先生。我和蘿絲就算不要錢也願意做……喔！」

媽媽聽到我這麼說，伸手在我的腰間捏了一把。塔特爾先生發出笑聲。我們決定等蘿絲取得她外婆的同意後，下週六就到店裡開始工作。

我今天一看到維加就立刻告訴他這件事。他聽我興高采烈的講述塔特爾玩具帝國、洛克斐勒中心、新的樂高之城，還有成為真正的藝術家等等，卻只是給我一個淡淡的微笑，然後說：

「那很好，兄弟。」

接著就開始拉他的小提琴。他一直拉、一直拉，直到現在才終於拉完他的曲子。

我用力鼓掌，腦子裡想著我們要在塔特爾建造什麼樣的城市。

也許繼續蓋哈莫尼？

還是建一個全新的樂高之城？

也許我們可以再一起合作蓋點什麼……

在我拍完手後，他的房間安靜了好一會兒。我看到他瞪著小提琴，彷彿小提琴背面黏到什麼東西一樣，拿著布一直擦、一直擦。

「凱西米諾．維加！」我大叫。我感覺自己在傳送正能量給他，就像我因為杰邁恩的事而心情不好時，他也為我這麼做。

他依舊對我露出淡淡的微笑。我坐起身子。

「你能保密嗎？」維加問我。

「什麼事？」我問。

他謹慎的把小提琴靠牆放好，然後站起來。小提琴往旁邊滑，撞上了房門。

「哎呀！」維加用西班牙語大喊。他抓起樂器，輕輕的將它放在我旁邊的床上，然後跪在地毯上，從床底下拉出一個鞋盒。

盒子裡有一把黑色的克拉克手槍。我第一眼還以為那是玩具，但從他拿它的方式，我看得出來那是一把真槍。他什麼都沒說，只是握住槍管把槍遞給我。

我用雙手去接，感覺沉甸甸的，而且非常冰冷。

我不確定維加想要我怎麼處理這把槍。就在我心想不知道他要拿這把槍做什麼時，腦袋突然跳出一個念頭。

自從我們在曼尼的雜貨店外被哈伯和蓋利搶劫之後，維加一直表現得很奇怪，更別說他們之前已經搶走維加非常喜歡的那件新大衣。

「他們應該要受到處罰。」維加盯著我手上的槍說，然後他看向我，「他們應該嘗嘗害怕的滋味。」

我很快的把那沉重的手槍還給他。突然間，我覺得自己似乎被那把手槍傳染了什麼病毒之類的。

還是，傳染源其實是維加？

在我上樓來看他之前，我覺得好多了，懷抱著也許能以藝術創作為生的希望。

現在，看著他瞪那把槍的樣子……我胸口有什麼東西再一次被攪動。雖然還很小，和一顆沙子差不多，但我知道它會不斷的長大，變得和那把槍一樣沉重、冷酷、無情。

我們兩個彷彿被催眠似的坐在那兒，一動也不動。

「費瑞多給我的。」維加輕聲說，「讓我對付哈伯和蓋利。」

我按摩著眼睛上方的瘀青。原本已經消得差不多了，突然間又開始抽痛起來。但說不定只是因為我又將注意力放在那裡的關係。

「你瘋了。」我搖了搖頭說，「你真的認為我們可以那麼做？我們又不是費瑞多。」

「我可以。」維加回答，「我猜我可以。」

「對哈伯和蓋利開槍？」我又搖搖頭，不是因為我們不能那麼做，而是因為我無法想像我們真的去做的樣子。但杰邁恩曾經告訴我，一個人只要有武器和動機，沒有什麼事是做不出來的。

「欸，」維加說，「我已經仔細想過，而且費瑞多告訴我，只要我殺了哈伯和蓋利，我們就高枕無憂了。他的幫派會保護我們，兄弟。費瑞多會接收他們剩下的黨羽，因為哈伯和蓋利再也不……嗯，你知道的……嗯，費瑞多是這麼說的。」

我看著維加跪在他床邊的地板上，瞪著他的克拉克手槍。他臉上的線條突然變得柔和，彷彿陷在睡夢中，意識朦朧。

維加又開口：「我們只要讓他們再找上我們就行了，就像以前那樣。很容易的，費瑞多是這麼說的。」

很容易的。

杰邁恩也是這麼說的。

洛基以為他知道杰邁恩想要我將來過什麼樣的生活——一個更好的未來。

笨蛋洛基知道些什麼？

他說杰邁恩想要我用功念書，上大學……洛基不知道。沒有人知道。

「我想都是我的錯，維加。」我咕噥著說。

「不！」維加大喊，「是哈伯和蓋利毀了一切。他們不在乎——」

「不，兄弟。我現在講的是杰邁恩。」

維加眼睛睜得好大。我從他的床滑到地毯上。

「就在杰邁恩被射殺之前，」我開始說，「我和他不跟對方講話——至少在他死前那一整個星期，我們都沒有講話。我們吵了一架，大吵一架，他對我非常不爽。我後來試著和他交談，但是他理都不理我。」

「你們兩個為什麼吵架？」維加問。

我的思緒飄回萬聖節之前，回到阿里先生在我們談話時多次嘗試要我告訴他的那次吵架。我從來沒有告訴過任何人。

連我最要好的朋友也沒有。

「維加，杰邁恩花了好幾天的時間想說服我加入他的幫派。你還記得他們以前在理髮店做的事嗎？」

維加點點頭。

我繼續說：「杰邁恩說他可以介紹我加入，那麼我就能賺點零用錢，他和我也可以一起工作。他說很容易的，他們只會叫我做點小事——像是將包裹從一個地方送到另一個地方，或是把錢從一個地方送到另一個地方。很簡單的工作，可是我不想做。因為我想到媽媽會說什麼，還有她會怎麼想我。」

眼淚開始在我眼中積聚，我直視維加的眼睛。

「很久以前，當我還小的時候，」我說，「他逼著我答應絕對不可以走上他的路，要我承諾會離他的理髮店遠遠的，要我別讓任何人說服我加入幫派……可是就在他死之前，杰邁恩不再和我講話，因為他說他花了這麼多時間說服我加入，而我居然拒絕了，讓他覺得自己很丟臉、很愚蠢。」

「羅利，」維加開口，「兄弟……」

我搖搖頭。「我讓杰邁恩失望了。我讓他失望，維加。」我雙膝著地，身體往前傾。「我應該在那裡的。」

「也許他是對的，羅利，」我聽到維加輕聲說。他伸手撫摸克拉克手槍的槍管。「事情已經和我們小時候不一樣了。那時沒有人會找我們麻煩。可是我們再也不是小孩，外面的世界再也不安全了。」

我們靜靜的坐了好一會兒。

「你真的認為我們應該這麼做？」我問。

「我們要像個男子漢，羅利。」維加說。

我們兩個一起瞪著那把槍，很茫然。維加的嘴唇在動，似乎正唸著什麼印在槍身上的東西，只不過上面其實沒有任何文字，但他就是看得見。

我知道他在上面看到誰的名字。

我也幾乎能看到。

32

「羅利！」

「什麼事？」

「出來！」媽媽大吼，「你有客人！」

我有客人？

我在床上坐起身子。不會是維加，他不會離開他的臥室和克拉克——他最新的好朋友。

自從昨天維加讓我看費瑞多給他的那把槍後，我注意到自己的心情變得很差，看什麼都不順眼。突然間，彷彿世界上每一個人和他們的表哥都開始惹毛我。

我覺得自己不大對勁。

在過去的一天裡，我不知在腦子裡計劃了幾次要報復哈伯和蓋利的細節。光是想就讓我覺得自己變了，覺得又變回滿懷怨恨的自己。

我快步走過起居室，聽到交談聲從廚房傳出來。其中一個是我媽媽，另一個則是女孩子，可是不像蘿絲，而是……

我轉進廚房，看到媽媽和桑希妮．狄克遜．耐特坐在小桌子旁。我倒吸一口氣，雙手抱胸。雖然我穿著印了超人的T恤和睡褲，可是突然間卻有種彷彿沒穿衣服的錯覺。

桑妮看著我微笑。她的手還掛在吊帶裡。

「哈囉，羅利！」她說。

媽媽站起來，眼神怪異的看了我一眼，露出類似她第一次在我們家見到蘿絲時的表情。

「小桑妮帶了東西要給你。」媽媽說著，走出廚房。在她離開前，還特地停下來告訴我，「你們兩個就待在這裡，聽到了沒？」然後又用那種怪表情看了我一眼，轉頭對桑妮說：「親愛的，我不想讓你進他的臥室。那裡髒死了，你說不定會看到什麼蟲爬出來呢！」

媽媽故作輕鬆的說完，留下我們兩個。我站在門口，捏了捏自己的脖子側邊。

「他們到現在都還沒抓到哈伯和馬克．蓋利。」桑妮說。她搖搖頭，撥弄烤盤上蓋著的鋁箔紙。「那兩個混混。」

「那是什麼？」我指著烤盤問。

烤盤裡裝滿了桑妮自己做的玉米粽。她告訴我，這些是她在貝特雷·瓊斯的幫忙下，利用這週學校放春假時為我做的。

我猜他算是她的烹飪師傅吧？

我咬了一口她做的玉米粽，不好吃。事實上，很難吃，可是我什麼都沒說。我只是把它吞下去，忍著不吐出來。

桑妮一臉焦急的看著我。我對她微笑，從冰箱裡拿出一罐蘇打水。

在四月吃玉米粽感覺很怪。我們向來只在耶誕節前後吃玉米粽，可是桑妮並不知道。她的家族不是來自加勒比海，不像我和媽媽是「穿椰子殼的」。

「你喜歡嗎？」桑妮問。

我點點頭，仰頭灌下飲料。「貝特雷教你的，是吧？」

她點點頭，低頭微笑。「他不是我的男朋友，你知道的，他喜歡男生。」

「我猜到了。」我一邊說，一邊灌下更多蘇打水，想清掉嘴裡的味道。

「他很酷，我喜歡他。我媽媽在『卡茜姑媽南方餐廳』工作。貝特雷從他父母那兒學會了一手好菜——他們兩個都是廚師。」

我吞下最後一口蘇打水。

「一開始我不喜歡貝特雷，我們很常吵架，就像以前你跟我那樣。可是現在貝特雷和我變成了朋友，就像我們一樣。我得走了。」桑妮說完很快的起身，「我告訴媽媽我送這些過來就會馬上回家。」接著便往大門走。

「你的手是怎麼受傷的？」我在送她出門時問，「貝特雷弄的嗎？」

「喔，不是！他絕不會那麼做的！他人很好。」

「你確定？他的舉止怪異……」

她露出尷尬的神色，拉開大門。「我在想，不知道為什麼，貝特雷很怕我喜歡上他。你知道的。是不是很蠢？為什麼我要去喜歡一個只喜歡男生的男孩子？我不知道他為什麼會那麼想。」

我可以看得出來桑妮在說謊。她喜歡過貝特雷。我敢打賭她以前不知道他的性向，而現在她覺得自己以前居然喜歡他實在是蠢極了。

我早該告訴她，他是「其中一個孩子」。「其中一個孩子」是媽媽講到誰是同性戀時的代名詞。從小我身邊就圍繞著許多同性戀者，時常可以感應出誰也是圈內人。「感應」的意思是我分辨得出來。

「我的手肘都是那個笨蛋艾佩兒害的啦！」桑妮說，「呃，她不是故意的，當時我們正在搶救一隻郊狼——」

「聖尼可拉斯公園裡的那一隻？」

「對！你也看到牠了？牠的名字叫尼克。我和艾佩兒有一天在公園裡看到牠，從那之後我們一直想辦法要在警察逮到牠之前抓到牠。我們怕他們會開槍射牠之類的。」

「我也是！」這女孩真是與眾不同，我心裡想。

桑妮拿出手機看時間，走出去壓下電梯按鈕，再往回走，站在我家門口。

「我認為牠還在那裡，」桑妮輕聲說，「在那個公園裡。我有好一陣子沒看到牠了，但我知道他們還沒抓到牠。如果被他們抓到，電視新聞就會報導了。我和艾佩兒一直在試，想利用小雞引尼克出來。艾佩兒的表姊在東區家禽中心工作，那幾隻小雞是她送我們的。」

「我和維加被搶劫那晚，你們兩個就是去那裡嗎？」

「對。不過是在那之後，有一天我們在追那群蠢雞中的一隻，我跌坐在地上，手剛好被艾佩兒的大胖腿壓住，所以才受傷的。」

「喔！」我說。

「是啊！」她說，「手肘脫臼。不是很嚴重，但是艾佩兒真的該減肥了。」

「你們打算拿那隻郊狼——尼克怎麼辦？」我問，「如果你們抓到牠的話。」

她聳聳肩，黑色的髮辮被她甩過肩膀。我聽到她身後的電梯發出「叮！」的一聲。

「不過你們沒有想過那麼做的危險性嗎？」我又問。

「有時候，華勒斯，」她開口，「如果你知道那是對的，就要去做，即使在當時看起來很蠢也一樣。」

桑妮很快的在我眼睛上方的瘀青輕輕親了一下，然後轉身走進電梯。

「叮！」

我看著她的微笑消失在漸漸關上的電梯門縫裡，感覺她的嘴脣碰觸到我的地方在熱熱的發燙。

✦

春假已近尾聲。

我並不期待回去上學或去上課後輔導。我就是不想去，而且我知道阿里絕對不會放過我，一定又會要我去和他好好談一談。

可是我一點都不想和他談。

我從自行車上下來，往聖尼可拉斯公園的方向看去，但是半個影子都沒見著。我站在公園邊緣好一會兒，看著裡頭的綠地。

那隻叫尼克的郊狼真的還在嗎？

桑妮很肯定牠還在。

我想到牠發亮的眼睛，打了個寒顫，回憶起那天晚上我們被郊狼嚇得不敢動彈的事。

我把手伸進背包，拿出鋁箔紙包著的桑妮做的玉米粽，放在附近一張油漆斑駁的綠色木頭長椅上。

我倒退著離開公園，跳上自行車。我在想，不知道眼睛發光的郊狼會像喜歡薯條那樣的喜歡玉米粽嗎？離開之前，我再次環顧四周，眼光在樹木間和公園內梭巡。

到處都看不到我們的郊狼。

消失了。

就像其他遲早也會消失的事物一樣，尼克不見了。就像哈莫尼。就像杰邁恩。

我忍不住又開始生氣。

維加和他的槍真的又讓我生病了。

我的胸口覺得好沉、好沉。

就像以前一樣。

33

媽媽做了炸雞當我們的晚餐，還有我向來很愛吃的紅蘿蔔和豌豆。我又喝了一瓶思樂寶蘋果汁，可是幾乎什麼都沒吃。

我沒有食欲。

我腦子裡想的全是杰邁恩和維加的槍，還有我們要拿那把槍去做的事。對於拒絕哥哥的要求，至今仍讓我滿懷罪惡感。

我知道我讓他失望了。維加說得對，我們並不安全。我們隨時都可能像我哥哥一樣出去了就回不來。

「年輕人，把盤子裡的食物吃完。」媽媽對我說。她咬了一口雞腿，然後拿了張紙巾抓住一隻往她的餐盤爬的蟑螂。

我聽說蟑螂的嗅覺非常靈敏。

「要賺到餐桌上有足夠的食物就已經不容易了，你還敢浪費我辛苦煮好的晚餐？」她說，「如果我把老酒鬼摩西從街上拉來，我猜他一定對這些炸雞讚不絕口。」

老酒鬼摩西和這件事有什麼關係？

為了讓她閉嘴，我舀起一湯匙的豌豆和紅蘿蔔塞進嘴裡。

「真奇怪，伊凡娜去哪兒了？」媽媽自言自語。

我們等了一個小時，等伊凡娜像以往一樣每週二下班後來訪，可是她始終沒有出現，所以媽媽決定我們先吃，不等她一起用餐。更奇怪的是，打她的手機也都沒人接。

「伊凡娜怎麼可能會錯過我的炸雞呢？」媽媽對著自己的盤子說，「她最喜歡我的炸雞了。」

「沒錯。」我嘆口氣說。確實有點不尋常。

「真奇怪。」媽媽說。

我在腦袋裡想像我和維加走在第一百二十五街上，應該是個週五的深夜，只有我和維加慢慢走著，然後哈伯和蓋利從亞當．克萊頓．鮑威爾的雕像後跳了出來。

你知道的，就是外套在身後飛得像披風的那個雕像。

對，所以在我的想像裡，哈伯和蓋利跳出來，但是我和維加一點都不害怕，因為我們是男子漢。

「你們兩個小傢伙最好知道要怕。」他們之中一個會這麼說。大概是哈伯吧。

然後維加猛然拉出他的小提琴，但他的小提琴卻是樂高積木做的。

哈伯和蓋利大笑，嘲諷維加居然用樂高小提琴，簡直弱爆了。他們站在那裡一直笑、一直笑，而維加則用樂高小提琴拉了一首美麗又悲傷的曲子，就像前幾天他在他的臥室裡拉的那一首。

小提琴的曲子太美了，美到讓哈伯和蓋利深受感動，甚至開始啜泣。

就在維加演奏曲子最美的一部分時，他拿著小提琴指向他們，琴弓拉出最後一個音符。

砰！

他的小提琴射出一顆黑色的子彈，直直射入哈伯的前額，然後子彈穿出哈伯的腦袋，繼續射向站在他身後的蓋利前額。

他們兩個倒在人行道上，當場斃命，接著他們的身體開始瓦解，變成一堆小小的積木。

他們全是樂高做的！

然後，我和維加繼續在第一百二十五街前進。他開始演奏一首新曲子。我們兩個都驚訝得不敢置信。

我坐在餐桌前笑出聲來。

「什麼事這麼有趣？」媽媽問我。

她隨手放在盤子旁的手機突然響了起來，從我坐的位子可以看到手機螢幕出現上下顛倒的伊凡娜微笑自拍照。她終於打電話來解釋為什麼到現在都沒出現了。嗯，相信一定會很有趣。

「你在哪兒，伊凡娜？」媽媽接起電話。我看得出來媽媽打算好好捉弄她一番。

「嗯嗯。」媽媽對著手機說。她很響亮的「嘖！」了一聲，搖搖頭。「你今晚不用過來了，我和羅利已經吃光了所有食物。我們終於抓到一直在社區裡亂跑的那隻雞。」她對我眨眨右眼，露出微笑。「我當然是在開玩笑的，女孩。」

我的思緒開始飄走。

現在唯一能讓我集中注意力的就只剩下要怎麼教訓哈伯和蓋利。就在我又開始幻想我和維加報復他們的另一個劇本時，媽媽突然叫得超大聲，嚇得我跳了起來。

「什麼？」她對著手機大吼，「被捕了？」現在我注意在聽了。「伊凡娜，你做了什麼事？」

她靜靜的聽了好一會兒。

然後皺眉。

接著眉頭皺得更深了。

「羅利？」她對著手機說。

媽媽和我四目相對，我心裡猛然湧出罪惡感——雖然我完全不知道為什麼。我突然覺得她彷彿對我剛才做的白日夢知道得一清二楚。

復仇。

和媽媽隔著餐桌相對而坐，我在想，不曉得她知不知道我和維加打算拿我們的槍來做什麼。也許他們找到他藏在樓上鞋盒裡的槍了？

我知道那不大可能發生，但是從媽媽張大嘴巴瞪著我的樣子看來，我知道不管這消息是什麼，肯定非常非常糟糕。

✦

真的很糟。

非常非常糟。

而最可怕的是，我很確定警方接著就要來逮捕我，也會逮捕媽媽，就好像我們全是共犯一樣。我相信我們有可能會全部被關進牢裡。

我和媽媽來到哈林區第二十八分局，就是在第一百二十三街和聖尼可拉斯大道交叉口的那個警察局。我們坐在等候室裡。

伊凡娜被帶來這裡。

警察現在將她關在後面的筆錄室，讓我和媽媽在前面的房間等待。就是你一走進警察局有個警察坐在櫃臺後，還有一大堆硬邦邦的塑膠椅讓大家坐的地方。

我們一直等、一直等。

不時有警察進進出出。沒有任何人多看我和媽媽一眼，彷彿我們是兩個隱形人似的。

我從沒有來過這裡。但是在我小的時候，我和朋友們都覺得這個警察局看起來好像一個衛星基地。我們這些小孩在玩遊戲時也都假裝它是。

這間警察局的外觀看起來很有趣，很像應該出現在另一個星球上的東西。

直到我漸漸長大，才明白這裡是什麼地方。

我和媽媽等了超久——現在已經過了午夜——看著警察開始把其他形形色色被捕的人拉進警察局。

我希望不會在這裡遇上載我和維加回社區的那兩個警察。

媽媽因為焦慮而開始喋喋不休。

她告訴我的事情當中最糟糕的一件，是她記得多年前杰邁恩被捕之後，她就是來這個警察局保釋他的。她說當時她覺得自己好失敗，沒把兒子教育好。

「就像我不是個好媽媽一樣。」媽媽告訴我。她揉著自己的臉，在椅子上坐直。這些椅子實在是很難坐。「那天晚上我來這裡接你哥哥回家，他要我不用再擔心他。」

「你相信他？」

她嘆了一口氣。「我當時告訴他，我再也不想回到這個地方，而且我相信他不會再犯。我同時也在想、也希望將來我和你不會有一天在這裡相見，羅利。」她搖搖頭。「永遠不要。不要一起坐在這裡。」

「你絕對不會有需要到這裡保釋我的一天，媽，我答應你。」

她凝視我，一臉心碎的模樣。我看得出來她的表情裡不只悲傷，還參雜了不知道要不要相信我的不確定。

媽媽的臉。

在這個警察局裡等伊凡娜，讓她恐懼有一天關在裡頭的會是我。此情此景讓她不得不去想這種可能性。

我可以感覺得到。

那晚接近凌晨一點時，我的頭靠在媽媽寬闊的肩膀上睡著了。我們兩個坐在硬邦邦的塑膠椅上，突然傳來好大的碰撞聲，嚇得我立刻驚醒，媽媽也被嚇得站了起來。

兩個警察從前門拖著一個年輕人進來，我猜他跌了一跤，弄出很大的噪音。

被上了手銬的黑人在我們面前狠狠的撞上地板。他的體型龐大，我看不到他的臉，但不知道為什麼卻感覺很熟悉。

他跪在地上，大口大口的喘氣。

「起來！」其中一個警察對他大吼。

他還是面朝地磚的跪在地板上，只是現在喘得更厲害，彷彿下一秒就要嘔吐了。

那人抬頭望向我們，我和媽媽也看著他。他應該二十多歲，整張臉都是傷，彷彿在求救似的一直瞪著我們。

「喂，我叫你站起來！」警察大吼。

「你再推我試試，看看會發生什麼事。」被銬住的那個傢伙聲音嘶啞的說。

「你要學會走路看路。」警察回答他，「起來，起來，起來！」

那人閉上雙眼，吐在警察局的地板上。

兩個警察露出受夠了的表情，其中一個抽出腰間的警棍，左右手用力一轉，頓時就成了一根閃著光澤的長棍。

媽媽滿臉怒容的舉起一隻手，對著那個警察大叫。「你為什麼要打他？」那根警棍停在半空中，他和他的同伴看了我和媽媽一眼，又看向完全不為所動、似乎根本沒注意到後面騷動的櫃臺警察。

彷彿在這之前他們都沒看到我們。

「我是一名保全人員，」媽媽激動的說，「只有在你打算要用時，才會把長警棍帶在身上。這一點我很清楚！」

媽媽說得沒錯。我幾乎沒看過有什麼警察隨身攜帶長警棍，大多數的警察都只帶容易收納的短警棍。

那兩個警察互看一眼，手上拿著警棍的那名警察將它縮短，插回腰帶間。

「別管閒事。」他對媽媽說。

媽媽「嘖！」了一聲。

非常響亮。

接著他們分別站到地板上那個傢伙的兩邊，一左一右的把他拉起來，將他拖到所有被捕的人排隊等待的後頭房間。

在他們消失之前，其中一個警察說：「他被人打了一整晚。」

我不知道他是要說給我們聽，還是說給櫃臺後的警察聽的，不過我沒有什麼多餘的時間去想，因為就在這時，坐在櫃臺的警察突然大聲說：「你們兩個可以回家了。我收到消息說伊凡娜·格瑞森被送到中央拘留所去見法官了。」

「中央拘留所？」媽媽問，「什麼時候發生的事？我們一直在這裡——」

「回家去吧！女士，」警察說，「你今晚見不到她的。他們明天晚一點會放她走。」他的電話這時響起。「如果你們運氣好的話。」

34

事情真的非常糟糕，不光是我的想像而已。

媽媽請她的朋友強納森先生——他在法院的法律扶助處工作——幫我們找了個律師，給我們一些建議。

今天早上我們必須很早起床，穿上體面的衣服，搭地鐵到中城區第四十七街。都是媽媽害的，我們出了地鐵站，她才發現要去的地方是在馬路的另一邊。我一直告訴她，她選錯了出口，但她就是不聽。我之前和蘿絲來過幾次，所以對這裡很熟。

媽媽今天跟我一樣緊張，可能比我還要緊張。

我和媽媽穿越第六大道。我和蘿絲兩個星期前才來過這裡找那時還在上班的伊凡娜。

那天真好玩。今天真糟糕。

書包背帶開始滑下我的肩膀，我用手把它固定住，想起自己在裡頭放了什麼東西。

我抬頭仰望洛克斐勒中心高聳的建築。它們讓我鎮定下來。

我和媽媽走向第五十街和第六大道的交叉口，我們和法律扶助處的律師約好在那兒碰面。他叫艾斯頓．史都華。媽媽說他在電話中聽起來像是個聲音比較低沉的女生，不過實際上他卻是個男人。

「大概是『其中一個孩子』。」媽媽說。

我們走向和艾斯頓約定的無線電城音樂廳。在他還沒注意到我們之前，我就已經「感應」到他了。即使隔了半個街區，我還是能肯定艾斯頓百分之百就是「其中一個孩子」。

「我想應該是那個人，媽。」我一邊說，一邊用手指著他。

他看到我，對我們微笑揮手，他在無線電城懸掛的巨型立體霓虹看板下等我們。這個音樂廳也是洛克斐勒中心的一部分。當我們走到巨型看板下時，它遮蔽了所有的陽光。

艾斯頓是個又高又瘦的黑人，他把頭髮全剃光，年紀看起來和杰邁恩、史蒂夫差不多，但應該比他們大很多才是。他戴著一副類似電影明星史派克．李那樣的黑框大眼鏡，穿得一身黑。

不過他的衣服很特別，會有點讓人不知道應該將之歸類成男裝還是女裝。並不是說他穿了洋裝之類的衣服，而是他穿了很貼身的緊身褲，還有一件像斗篷的黑色大衣。他的鞋子也是黑的，上面還裝飾著好幾顆銀色大釦子。

一見到他，媽媽的眼睛睜得好大，彷彿都快掉出來了，但是她很快意識到自己的失態，趕緊和他握手。

「蘇艾倫，」艾斯頓開口，「謝謝你們這麼準時！」

他很活潑，而且笑容可掬。他的微笑讓原本緊張的我放鬆不少。雖然我絕對不會穿成那樣，但我喜歡他的穿著，讓他在人群中很顯眼、很突出。很獨特。

「史都華先生，謝謝你為我們安排這次的會面，並且陪我們一起來。」媽媽說，「所有的事發生得太快了，呃……」

「是，是，我知道，親愛的。」艾斯頓說。對一個這樣穿著打扮的人來說，他的聲音真是低沉。「為了強納森的朋友，要我做什麼都行。我只是希望這個姓塔特爾的傢伙不會去試。」

艾斯頓所謂的「試」，就是試著占我們便宜的意思。我對同性戀講話的方式很熟悉，畢竟我有多年的經驗，要明白他們話裡的弦外之音並不難。

「你一定就是小羅利了。」他說著，轉向我。

「嗨。」我說。

「哈囉！」

「還有，我是羅利，不是小羅利。」

「好極了！嗯，非常遺憾這種事發生在你身上，羅利，但是千萬不要喪氣。來！抬頭挺胸。」

他看了手錶一眼，「我們走吧！我最討厭遲到了。」

在塔特爾玩具帝國的前門和我們碰面的是一個女人，她領著我們走到樂高巨龍後面的電梯。大家默默的等電梯，沒人開口說話。

在我們兩邊陳列著女生玩的洋娃娃，全都面帶笑容，穿著粉紅和白色的禮服。我覺得她們好像都在笑我、嘲弄我。艾斯頓則對她們怒目而視。

玩具店裡似乎比以往更喧譁、更明亮，讓我的眼睛和耳朵都覺得很不舒服。這次一切都顯得太過真實。

塔特爾先生的辦公室裡沒有人。

這裡沒有我想像中的那麼大而氣派，反而有點暗、有點冷，感覺更像是誰家的閣樓。

我和媽媽、艾斯頓各自坐在三張綠絲絨單人沙發上等待，艾斯頓又看了一眼手錶，再次強調他有多討厭人家遲到。

媽媽只是含糊的應了一聲。

她坐在那兒，穿著她唯一擁有的兩件洋裝中的一件，看起來有點滑稽。她一點都不喜歡穿洋裝，老是說穿上洋裝會讓她覺得自己彷彿沒穿衣服，連意志都會變得脆弱。我想我現在終於明白她的意思了。

艾斯頓站起來，拿起水瓶幫自己倒了一杯冰水。帶我們進來塔特爾辦公室的女人告訴我們如果想喝水請自便，但是我和媽媽並不想喝。

我們的律師啜飲他的水，用牙齒喀啦喀啦的咬著冰塊。艾斯頓用手撐著下巴，瞇起眼睛，掃視塔特爾的辦公室，彷彿在研讀課本似的不放過每個角落。

「我很好奇為什麼有成年男子會放這麼多玩具包圍自己。」他說。

媽媽仰著鼻孔看我，一副我應該知道答案的樣子。艾斯頓似乎很喜歡聽自己講話，即使其他人都沒在聽也一樣。

「也許，」我開口，「他喜歡蒐集玩具。」

艾斯頓揚起眉毛看我。

「如果你是個大人，而且擁有一間玩具店，這就給了你一個在身邊放一大堆玩具的好藉口。沒有人會因此批評你。」

「你覺得他會玩樓下那些穿荷葉邊禮服的娃娃嗎？」艾斯頓問。

我聳聳肩。「你知道如果你搶走小孩子的玩具，他們會變什麼樣子……」

他露齒微笑，又開始咬另一個冰塊，將眼光移向門口。外頭有人在交談，聲音越來越接近。

「上場了！」艾斯頓說。他將玻璃杯放在桌上，雙手在背後交握。我瞄了一眼我夾在雙膝間、放在地上的背包。

兩個男人走進房間，一個年紀很大，另一個更老。比較老的那個對沒那麼老的那個說：「嗯，我們只能走著瞧了，不是嗎？」

我立刻認出哈洛德．塔特爾的聲音。他們停在門口看著我、媽媽和艾斯頓。媽媽起身，我也跟著站起來。

兩個男人以一種彷彿他們在東一百二十五街遇到艾斯頓，想分析出他屬於哪個幫派的眼神瞪著我們的律師。

✦

艾斯頓穿過小閣樓般的辦公室，他的黑色斗篷像件披肩似的垂在背後。

「塔特爾先生，」艾斯頓開口，「在這房間裡的每個人都明白伊凡娜．格瑞森從你那兒偷走了你的玩具——你的樂高。你一定因此覺得受到了背叛，心裡非常不舒服，但是你也看到因為格瑞森無可否認又讓人難以接受的行為所帶來的美好結果。」

在和艾斯頓脣槍舌劍十五分鐘後，塔特爾終於以趕蒼蠅般的姿勢對艾斯頓揮了揮滿是皺紋的手。

另一個男人大部分的時間都沒有說話，只是靠在他老闆身後的窗戶上。他自我介紹說他是副總兼法律顧問理查．福勒，但塔特爾卻只說他是助理。

塔特爾原本冰冷的辦公室越來越熱。

艾斯頓繼續說：「小羅利的樂高之城上了新聞節目，也在網路上廣為流傳，地球上所有人都在欣賞這個哈林區的窮孩子所創造出的魔法之城，而他的魔法就是源自於這裡——源自於你的樂高，塔特爾先生。」

福勒先生翻了個白眼。

「塔特爾先生，我要說的是：沒錯，伊凡娜・格瑞森偷了你的東西，但是我的客戶願意將她偷的樂高全部歸還給你。可不可以請你不要起訴瑞奇波爾母子，不要把這起事件看成偷竊，而視為分享？和這個幾乎什麼都沒有的年輕男孩，以及聖尼可拉斯社會住宅的孩子們分享你美好的玩具。」

「你還真敢講！」塔特爾脫口而出。

「我看了好幾支他在哈林區拍攝的樂高影片，」福勒插嘴，「他在其中一支影片裡說他耶誕節得到了一個新的遊戲主機。」

「那不是我買給他的！」媽媽開口，「是那個混混洛基送的。」

艾斯頓瞪了她一眼，示意她閉嘴。

「在我看來，並不像是『幾乎什麼都沒有』。」福勒說，「事實上，也不像是無辜的。」

我從地板上抓起書包。福勒瞄了我一眼。

「史都華先生，」福勒對艾斯頓說，「你是先生，沒錯吧？」

艾斯頓瞇起眼睛瞪著他。

福勒繼續說：「你知道我們手上有我們的前雇員伊凡娜．格瑞森親筆簽名的自白書。伊凡娜承認她從店裡偷樂高——天知道到底偷了多少——送給她朋友的兒子。」他朝我的方向點了點頭。「他們全都是共犯。」

「那不是真的！」媽媽大叫，「她告訴我那些是要丟掉的垃圾。」

「而你真的相信瑞奇波爾太太和她年輕的孩子是共犯？」艾斯頓問他。

我感覺自己好渺小。

「和伊凡娜同謀？」艾斯頓繼續問。

「為什麼不是？」福勒反問。

塔特爾搖頭，以略小的聲量說：「那女人在這裡工作了五年。我的意思是，她以前在這裡工作。我對待伊凡娜的態度和對待我的姪孫女艾芙琳或這個理查都是一樣的，像一家人。可是她居然偷我的東西！」他喃喃說著，幾乎在顫抖。

「格瑞森女士已經道歉並同意賠償，塔特爾先生。」艾斯頓說，「我其實不是很明白為什麼我們今天還要會面。」

「等一下，這次的會面是你提議的，不是我們。」福勒說。

「沒錯。」艾斯頓回答，「因為你們威脅要控告我的客戶，雖然你們的控訴毫無根據。」

塔特爾在椅子裡坐直，瞪著我和媽媽。「你們兩個是否為了拍那些網路影片而指使格瑞森女士偷走我的商品？」

突然間，我覺得怒火中燒。「你在指控我們是騙子嗎？」我問他，音量有點大。

所有人都轉頭看我。

我深深吸了一口氣，把背包抓得更緊。我試著冷靜下來。「我和媽媽或許擁有的不多，但是我們不需要偷竊。」

我感覺自己更生氣了。

塔特爾開口想講話，但我小聲的插嘴，「我想要的東西很多，塔特爾先生，但是你不會看到我因此而加入幫派。事實上……看到伊凡娜惹的麻煩，反而帶給我額外的收穫——我指的不是怎麼行騙，相反的是，我喜歡用腦，我喜歡創造。」

塔特爾先生一言不發。我試著回想我要引用的文字。

然後我想起來了。「『想像力啊！誰能唱出你的力量？或者誰能描述出你的敏捷？』」我想我應該沒說錯。我抓抓頭繼續說，「這是我讀過的菲麗絲．惠特莉的詩。」

「我知道那是惠特莉的詩。」塔特爾嘟囔。

「嗯，」我覺得自己冷靜多了，「我想它講的是使用你的腦袋，在創造中激出火花。我想說的是，我真的非常幸運有伊凡娜以那種方式幫助我。」

我變得有點情緒化。

「那拯救了我。」我說。

我把手伸進我的背包，在裡頭摸索，接著猛然拿出我想找的東西，緊握在手裡。

艾斯頓站起來，瞇起眼睛瞪著我。

我把手上的信封遞給塔特爾先生，他讀了我放在裡頭的信。我在信上說，我承諾在每天放學之後到塔特爾玩具帝國當清潔人員或任何職位，直到付清被偷的樂高積木款項為止。

塔特爾目瞪口呆的看著我的信。

你永遠不會真正了解一個人，或者知道他們能做什麼。

艾斯頓差點打破沉默，但很快閉上嘴巴，他雙手在背後交握，靜靜等著。塔特爾對著他手上的信眨眼。福勒則看著窗外。

媽媽握住我的手，抿嘴微笑。

「彼之垃圾，吾之寶藏。」塔特爾終於很小聲的嘟囔一句。福勒問他剛才說了什麼。「無所謂了，理查。」塔特爾回答他，然後對我說：「我相信你，羅利，你和我們的樂高被偷沒有關係。」

媽媽吁了一大口氣。艾斯頓微笑，對我豎起大拇指。

塔特爾宣布，「我決定從現在開始不再追究這件事，也不會對格瑞森女士提告。」福勒在他身後不滿的哼了一聲，「理查，這件事就拜託你善後了。我累了。」

「是的，先生。」

「謝謝你，塔特爾先生！」媽媽說，看得出來鬆了一口氣，「我們會把剩下的所有樂高還給你，雖然有些已經送人了。」

塔特爾對她揮揮手。「不用了，瑞奇波爾太太。」

「消毒成本就不知道有多高呢！」福勒加上一句。

這要是讓強納森先生聽到，一定會說他很「負面」。艾斯頓不客氣的對福勒翻了個大白眼。

「還有，羅利，」塔特爾說，「雖然我們很欣賞你願意以工作償還樂高成本的負責態度，但是同樣也不用了。你好好念書就好！」他轉頭對媽媽說：「你有個與眾不同的好兒子，瑞奇波爾太太。」

「他是跟別人有點不大一樣，」媽媽說，「就像他媽媽。」

「我看得出來為什麼伊凡娜會想幫他。」塔特爾承認，「無論如何，她的行為還是錯了。我們不能再僱用她。」

「嗯，我們明白。」媽媽對塔特爾說。

「當然，我必須撤回請孩子們來為我們店面做櫥窗展示的提議。」塔特爾說，「不過我希望他們會持續創作。」

這時有人敲他辦公室的門。「聽到了！」塔特爾大喊，「什麼事，艾芙琳？」

剛才從樓下帶我們上來的年輕小姐將門推開一條縫，告訴大家塔特爾的下一位客人——一個中國玩具出口商——已經等在他的辦公室外了。

「謝謝你，艾芙琳。」塔特爾對她說，然後轉向我，「我也很喜歡那些古老的詩。」他停了一下，對艾芙琳說：「請你領瑞奇波爾一家出去好嗎？我們的會面結束了。」

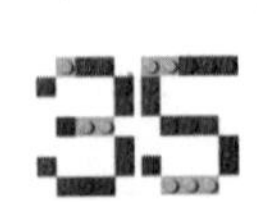

已經是深夜了，我和維加還在哈林區的街道上閒晃。街上沒什麼人，我的眼睛不停的在黑暗中來回梭巡。我在等著哈伯、蓋利或警察隨時從哪個地方跳出來。

看到前方有東西在移動，我示意維加加快腳步。前面街上有兩個人，但看不清楚究竟是不是我們的目標。那兩個影子朝著我們走過來。

維加加快速度走向他們。我可以看出他插在深藍色連帽外套口袋裡的手將槍握得更緊了。我的心臟跳得像低音喇叭，不僅大聲，而且還會震動。

走到接近十字路口時，我和維加看到那兩個人的臉。不是哈伯和蓋利，而是一對走得很慢、不知要去哪裡的年輕情侶。

我和維加轉往麥康柏斯路，再越過一座長長的行人天橋。我們沿著洛克公園慢慢往下走，來到和布朗克斯分界的河邊，在漆黑的觀景臺停下來。

✦

我們靠矮牆站著已經超過二十分鐘。哈林河就在我們身後，我轉頭眺望，河對岸的洋基體育場燈光仍然明亮，哈林河從我們身邊流過，繁忙的車陣發出如蜜蜂般的嗡鳴聲。

「你終於準備好要這麼做了？」我問維加。

他點點頭。我伸出手，他輕輕把槍放在我的手裡，我立刻感覺到它沉甸甸的重量。冰冷、沉重、毫不留情——這把克拉克就像一個句點。

我靠牆陷入沉思，腦中閃過哈伯和蓋利的臉，以及如果他們現在就在這裡，他們會做什麼。還有我們會做什麼。

我把手槍還給維加。

他遲疑了兩秒，接著放聲大喊，揮動手臂將槍扔向夜晚的空氣裡。他的音調很高，彷彿將所有的恐懼和憤怒都隨著手槍拋入空中。那把槍飛了將近十公尺，然後掉進哈林河裡。在它落入水面的那一刻，我清楚的聽到「撲通！」一聲。

維加站在那兒，靜靜望著湍急的河水好一會兒。我希望不管壓在維加胸口上的巨石是什麼，都已經隨著他的槍一起沉入河底。

伊凡娜被捕那晚所發生的事真的嚇到我，也改變了我的選擇。在她打電話給媽媽之後，我們走到她被拘留的警察局。

媽媽的表情深深打動了我。經過伊凡娜的事件，以及回想杰邁恩的遭遇後，我終於搬開了一直壓在胸口上的巨石。

我絕對不能讓它再回來。

我相信我可以幫助維加，於是告訴他，他也必須做出選擇，看是要選費瑞多和手槍，還是要選我和他的小提琴。

我舉史蒂夫和杰邁恩為例，他們從小一起長大，後來卻漸行漸遠。如果他做出錯誤的決定，將來百分之百不會有好下場；但是如果他選擇好的方向，還是有機會可以擁有光明的未來。

就像史蒂夫一樣。

我們兩個都做得到的。

「維加，」我說，「我保證會永遠在你身邊保護你，幫助你走往正確的方向。」

「我們可以問問史蒂夫。」維加說。

「問他什麼？」

「你知道的，關於他怎麼生存下來，還有怎麼達到他目前的成就。也許他腦子裡有個像放在你樂高盒子裡的藍圖，可以告訴我們怎麼一步一步的在聖尼可拉斯社會住宅裡生存下來。」

我大笑。

不過我們都同意應該去找史蒂夫談談，尤其是我們想要問他該怎麼處理哈伯和蓋利的事。

我眺望水面，再次想起我們真的就住在一座島上。而在同時，我還想到別的事。像我、維加和蘿絲這樣的孩子，其實都活得像一座在湍急河流中的孤島。

我們得小心的照顧自己。

「謝謝你，兄弟。」維加對我說，「謝謝你像個男子漢拉我一把。」

然後維加開始哭了起來，哭得眼睛都快掉下來了。就像我在布朗克斯的夜店外那樣，哭了好久又好用力。就像襁褓中的嬰兒那樣放聲大哭，哭得上氣不接下氣，彷彿就要窒息而死那樣的哭。

帶著那把槍，他真的差點就死了。

我能做的只是站在他身邊，將手搭在他肩上，直到他哭累了，呼吸開始恢復正常。

而呼吸大概是我們的生活裡唯一的尋常之事了。

36

「你說她離開了是什麼意思？」我說。

阿里旋轉他的辦公椅，面對電腦螢幕。他晃動鍵盤旁的滑鼠，將電腦從休眠中喚醒，然後才轉過頭來看我。

「就像我剛說的，蘿莎蒙．梅杰離開了。」阿里先生重複他的話。

「可是，」我開口，「她上星期還在這裡啊！」

阿里點點頭。「社會福利處的人週末將她帶走了。」他站起來關上辦公室的門，「聽著，羅利，依照規定我不能告訴你關於大蘿絲的事——」

「蘿絲。」我糾正他，「她不喜歡人家叫她大蘿絲。」

阿里又點點頭，走回椅子坐下。他歪斜的臉表情緊繃。「我告訴你的唯一理由是我知道你和蘿莎蒙之間發展出很特別的——」

「她是我的朋友。」我說。

「是，我知道。好，小兄弟。蘿絲和你們不同，她本來不應該在這裡的，但我們還是接受她進入我們的課輔中心，因為她被好幾個單位踢出來。她老是和其他孩子發生衝突。」

「他們取笑她。」我說。

他點點頭。「因為她外婆說她已經找不到其他的單位，所以我們才接受她。這幾年來貝蒂一直讓她在家裡自學——她從市政府得到特別許可。但是貝蒂同時也成功的阻止他們，不讓他們正式測試她的外孫女是不是特殊生，所以蘿絲沒有得到她應得的照顧。因為制度的不完善，她被相關單位忽略了。」

「蘿絲沒有自閉症。」

阿里搖搖頭。「經過測試之後，社會福利處的人認為她確實落在自閉症涵蓋的範圍。她的外婆否認了好多年，一直告訴蘿絲她和其他人一樣，直到兩個星期前，我們總算讓蘿絲接受正式的測試。社會福利處的人將她安置在紐約以北不遠處的弗農山，那裡有一所很好的學校，她也有親戚就住在附近。」

「阿里先生，你讓蘿絲從她外婆那裡被帶走？」

阿里眼睛看著電腦螢幕講話，不過我知道他是在說給我聽的。「蘿絲非走不可，羅利，她的外婆不能在這裡撫養她。即使貝蒂再怎麼想，但是她根本做不到。她們的生活過得並不好，蘿絲需要幫忙。她在弗農山有幾個堂兄、堂姊可以照顧她，至少可以照顧她到她外婆將一切安排妥當。」

他轉頭直盯著我。

「蘿絲很特別。」我說。

「是。」阿里回應，「事實上，他們說過她將來很有可能可以上大學。」

「我認為她應該上大學，」我說，「然後成為一個工程師。」

「嗯，我們等著看吧！」他說。

他告訴我，沒人料到的是，由於蘿絲的外婆一直沒讓她進入體制內的特教學校，反而幫助蘿絲學會怎麼和其他人往來。他說像蘿絲這類的自閉症孩子有時會有溝通上的問題，他們會因為不知道該怎麼和人交談，而被排除在正常的世界之外。

阿里說：「如果貝蒂沒有讓她在家自學，沒有將她放到一般孩子上的課輔中心，蘿絲的社交技巧應該不會發展得這麼好。她學會如何與其他人交談，如何解讀他們的身體語言……」

「她不喜歡人家用手指著她。」

阿里點點頭。「那確實會惹毛她，不過她一直在學習。不在特教體制內，反而迫使她必須自行發展出這些社交技巧。」

「但你們現在卻強迫她去念特教學校，阿里先生。」

「這樣對她比較好，羅利。」他說，「我在她這個年紀時，因為我的病，我爸媽只想把我藏起來。等到我成年之後，才有辦法得到需要的醫療資源，可是傷害已經造成，再也無法挽回。」

這就是為什麼阿里那麼氣他爸爸嗎？我不禁在想。

「對蘿絲而言，現在還來得及。」阿里繼續說，「她還很年輕。而且你幫她很多，你知道的。你幫她找到一個表達自己的方法，以不尋常的方式接觸她周圍的世界。相信我，羅利，現在是該讓她進入體制的時候了。」

我卻沒有那麼肯定。

那棟漂亮乾淨的建築坐落在漂亮乾淨的社區裡。

街區種了許多樹。

事實上，排列在馬路兩旁的樹全彎向路中央，所以當你一眼望過去時，看起來彷彿要走進由樹枝形成的綠色山洞。

外頭對講機上掛了一個小小的牌子，寫著「請按鈴，然後按9和#」。

我照做了。

很快就有人打開前門，推開紗門。一個皮膚黝黑的高個兒黑人男子低頭瞪著我，像午睡剛被我吵醒似的一臉不高興。

「蘿莎蒙・梅杰？她不在。」在我告訴他前來造訪的理由之後，他這樣回答。「他們去看電影了。」

「不在？」我問他。我望向他身後，看到一間小小的起居室，更遠的房間裡則擺著幾張上課用的桌子。「她應該在的啊！今天早上我打過電話來，羅德尼說她會在這裡的。」

「喔，那是你啊？」他說，「我就是羅德尼。對不起，小兄弟，我忘了她的班今天下午有校外活動。」

「我是從哈林區過來的。」

「從哈林區到弗農山，哇，好遠！」他揉揉臉，打了個呵欠，「真是對不起，小兄弟，不過蘿莎蒙不在，我也沒辦法。」

我坐在那棟建築前面的階梯等了蘿絲大概一個小時，但是她一直沒有出現。蘿絲現在每天下午就是在弗農山這個地方的班級學習。這裡被稱為她白天的學校。到了晚上，她便回到住在附近的堂兄家。

這裡看起來相當不錯。

我坐在階梯上，看著一片綠葉從我頭上的樹枝飄落。我在想，不知道她在這裡過得快不快樂。

爸爸的藍色廂型車停在對街，他按了按喇叭。我嘆了一口氣，抓起要送給蘿絲的小禮物，站了起來。

我知道他今天有個小丑表演，如果我們不趕快開車回紐約，他就要遲到了。

爸爸慢慢駛離蘿絲所在的街區，雖然我知道他其實趕著回紐約。當爸爸的廂型車緩緩在安靜的街道上前進時，我們兩個都仰起頭望向綠色樹洞的穹頂。

他的女朋友海克閉著眼睛橫躺在廂型車的後座上。如果你仔細看她的眼瞼，就能看到上面的藍色微血管，我覺得看起來很怪。

「我很遺憾你沒有找到你朋友，華勒斯。」爸爸說，眼睛仍盯著上頭的一片綠意。

我聳聳肩。

「好朋友搬走，打擊真的很大。」爸爸接著說，「我記得好久以前，當時我比你現在還小一點，還住在千里達島，我的好朋友湯米和他的家人一起搬到美國來。小湯米．克羅雷！喔，我像個嬰兒似的哭了又哭。我永遠都不會忘記。」

我想像爸爸哭得像個嬰兒的樣子。「你後來有再見過他嗎？」

爸爸搖頭。「那時我只是個孩子！我要怎麼才能從千里達島飛過幾千哩到這裡來探訪我的好朋友？」他大笑。

躺在後座的海克呻吟一聲，翻身側躺。

「弗農山離哈林區雖然只有二十四公里，」我說，「可是這裡沒有地鐵，對我來說就像千里達島一樣遠，爸爸。」

他哼了一聲。「你是這麼想的嗎？華勒斯大人，我的廂型車就是你的廂型車！我們可以再回來，直到你找到你的朋友。保證絕不食言。」

爸爸握住我的手用力搖了搖。我微笑，想到阿里先生說我應該和爸爸重新開始的事。

就在這一刻，我覺得這似乎是有可能的。我覺得自己像是「星際駕駛」英雄聯盟的領袖恆星王子，在多年之後終於和他的外星人父親團圓了。也許我的外星故事不只是一堆沒有意義的幻想。

也許我可以預測未來。

或者幫忙創造未來。

我們的廂型車在下一個街區的十字路口停下，一排八個左右的年輕人從我們車前穿越馬路。

一開始我會注意到他們，是因為其中一個圍著一件很長的紅色披風，頭上還戴著罩住半張臉、只開了兩個洞讓眼睛露出來的黃色頭巾。他打扮成超級英雄的模樣，邁著大大的步伐，姿勢怪異的走著。那傢伙至少有二十歲了，居然穿成那樣，更別提現在離萬聖節還很久呢！

我屏氣凝神，仔細掃視那群人。

在我們面前過馬路的顯然不是一般孩子。其中幾個身邊還有年紀大一點的人陪著，引導他們一起走。其他的人則自己慢慢前進。

然後我看到蘿絲的大頭出現在隊伍的最後面。

在我們的廂型車前踩著重重的腳步、以彷彿在月球上跳繩的怪異姿態行走的，顯然就是她。她的上嘴唇還是被下嘴唇包覆著。

「蘿絲！」我大喊，推開車門跳出去。

我跑向已經走到馬路另一邊的她，在離她幾步遠時停下，只是站在那裡看著她。她回看我，眨了眨眼，然後往左右各張望了一下，彷彿想弄清楚自己到底在哪裡。

「蘿絲！」我又叫她，「我們開車來找你！我還以為我見不到你了！」

其中一個年紀較大的人走向我們。整個隊伍停在人行道上。

「蘿莎蒙，你認識這個男孩嗎？」那個人問。

蘿絲沒說話，只是瞪著地面，不時抬頭偷瞄我。

「認識，」她微笑的說，「他是羅利。我們一起蓋樂高之城。」

我才和蘿絲聊了兩分鐘，他們就說她必須走了。我們拖住了整個隊伍，其中幾個人已經開始顯得焦慮。更糟的是，我爸爸也在按喇叭，跟著一起湊熱鬧。

我很快的擁抱蘿絲，將我帶來的禮物給她，然後爬進廂型車裡。那是一本莎菲耶・艾希洛寫的詩集，是桑妮的媽媽幫我選的，因為那位詩人為黑人女性帶來很正面的影響。她是現代詩人。我希望蘿絲會喜歡她。

蘿絲將我的禮物緊緊抱在胸前，目送我們的車越駛越遠。

我很高興能再見到她。

所有我和阿里之間的談話都很好，我猜那些對我有幫助。

但是在過去幾個月裡，我和蘿絲一起經歷的事才是治療我心病的主要藥方。對於癒合我心中的傷口，她的幫助最大。

還有我想為媽媽做出對的選擇的動力。

不過，從照後鏡看著蘿絲站在濃濃的綠蔭之下，我的感覺還是怪怪的。沒錯，她現在住的街區相當美，但這裡不是哈林區，不是聖尼可拉斯社會住宅。

這裡不是我們的家。

37

我仰躺在臥室的拼布床罩上，聽著穿過牆面的爭吵聲。媽媽和伊凡娜在起居室裡吵架，對著彼此尖叫。

從半小時前伊凡娜一踏進門，她們就開始吵，聲量驚人，我相信整棟樓的人都聽到了。大概連在中庭的「水泥」都聽得一清二楚。

現在她們已經稍微平靜下來，沒有再大吼大叫，只是說話的語調仍充滿怒氣。接著，牆的另一邊完全安靜下來，我心裡很害怕，懷疑她們是不是勒住了彼此的脖子。

突然有人敲我的房門，是伊凡娜。她走進我的房間，表情尷尬，看起來充滿罪惡感。

伊凡娜瞄了我房間另一邊的角落，那裡以前放了杰邁恩的床。我們前幾天把床給處理掉了——是很難，但是我終於鼓起勇氣告訴媽媽，我不想要那張床繼續留在房裡。將那張床移到儲藏室後，我覺得好多了。

我的房間感覺輕鬆了不少。

伊凡娜紅著臉在我的床邊一屁股坐下。

我雙手相疊枕在腦後，躺在那兒聽她解釋，說她為什麼做了那樣的事。我其實也猜到了，但是直接從她嘴巴裡聽見還是有幫助。

「對不起，羅利。」伊凡娜說，「我做了錯事，差點也把你們捲進大麻煩裡。他們從來不丟樂高的。我是因為你在你哥死後狀況很不好，所以才拿的，我不應該這麼做的。但你那時太沮喪，我認為樂高能讓你心情好一點。」

「確實是，它們讓我心情好了非常多。」

她點點頭。「即使你的沮喪開始減輕之後，我還是忍不住繼續拿更多的樂高給你。在那時，看到你開心起來，看到你媽沒那麼擔心你，讓我很高興。」她抓抓染成金色的莫霍克髮型，「所以……我猜，過了一陣子之後，我偷拿樂高是為了讓我自己也覺得開心——好像我真正做了些什麼。我就是忍不住要拿更多的樂高給你。」

「我懂，伊凡娜，我沒有生你的氣。事實上，這是有人為我做過最酷的事之一了。」

伊凡娜大笑。

「我必須謝謝你，」我說著，坐了起來。「不是謝謝你偷東西，而是就在我發現你所做的事情真相之前，我正要做出一個重大的決定。我相信那個決定是不對的，卻是可能會改變我一生的決定。不過就在那時你被抓了，後來發生的事和引發的情緒波動反而讓我想得更清楚，也把事情看得更透澈。」

「所以你原諒我嘍？」她問。

我聳聳肩。「你沒什麼需要我原諒的。」

她微笑。我們伸手互撞拳頭，算是了結了這件事。

伊凡娜離開我的房間後，我坐在地板上欣賞我留下的部分哈莫尼——它的遺跡。

下一次，我在心裡想，我要將它建得更大。

我伸手找素描簿，隨即改變主意，拿出爸爸去年耶誕節送我的平板電腦。我在裡面安裝了一套很有趣的繪圖應用軟體，可以將在平板上畫的設計圖轉變成宛如真實世界的立體建築。

我坐在臥室地毯上，開始設計全新的城市藍圖——全新的建築，加上全新的背景故事。

我要將它命名為什麼呢？

我專心想著，感受到和我決定拆掉所有舊的樂高作品、展開莫尼克羅堡那晚一樣的心情。

興奮。

滿懷希望。

一個接一個的創意。

天啊！創意真是源源不絕啊！

這個五月天暖得像夏天一樣，讓人不禁聯想到所有隨著夏季而來的活動。第一百二十五街人山人海，到處都擠滿了走動、搖擺、高聲呼喊和趕著要去什麼地方的人。

我和維加沿著人行道走向Applebee's，媽媽和伊凡娜以極慢的速度跟在我們後頭。她們兩個走得實在太慢了，天氣太熱，短褲和T恤都黏在她們身上了。

媽媽今天要請大家吃晚飯，她甚至答應帶維加一起去，讓伊凡娜和維加非常開心。

在哈林河畔那晚之後，維加又恢復他原本的樣子。我猜有時候要解決問題，只需要好好大哭一場。或者說，那樣做至少會讓你暫時忘了手邊的問題。

最近他都沒再提起哈伯和蓋利，不過我知道那兩個傢伙就像討人厭的寒冬一樣，遲早還是會再出現。

我仍然留著洛基的手機號碼。他曾說過如果我需要幫忙，隨時打電話給他，不過我決定不那麼做。仔細思考之後，我發現洛基才是真正需要人家幫忙的人。他正在做其他和他一樣的人一直在做的事，所以可以預見他也會有和那些人一樣的下場。

我和維加打算找史蒂夫談談我們和哈伯、蓋利之間的問題，他會知道該怎麼做的。所有我們認識、在社會住宅長大的人當中，史蒂夫是最出淤泥而不染的一個。他成功的為自己扭轉局勢，順利改善了原本對他相當不利的環境條件。

「蘇阿姨！」即使媽媽就在他身後，維加仍扯開嗓門大喊。

「維加，維加，」媽媽說，「小聲一點，寶貝，用不著這樣大喊大叫的。」

「羅利說你穿了洋裝，可惜我沒看到。」他對媽媽說，「為什麼我從來沒見過你穿洋裝？」

媽媽想了一下才回答：「因為我不是那一類型的媽媽。」

我突然轉身，開始倒退著走，好讓自己可以盯著媽媽和伊凡娜看。

「媽！」我大喊。

「我們就在這裡，親愛的，」她說，似乎有點不高興了。「你用不著也這麼大聲。」

「每次都去Applebee's吃飯，」我說，「這次我們來點不一樣的吧！」

維加轉過身，也開始倒退著走。我們互相嘲笑對方。我想到我在聖尼可拉斯的朋友們——他和桑妮還是一天到晚吵架，我真希望他們兩個停戰。他們都是我的朋友，我想要和他們一起開開心心的過日子。

桑妮其實心地不壞。

她試著拯救我們的郊狼，非常酷。

前幾天我告訴維加，桑妮在進電梯前對我做的那件事，還有她讓留在走廊上的我皮膚發燙的事。我真笨，我實在不該說的。

維加聽完之後，一直笑、一直笑、一直笑、一直笑、一直笑、一直笑。我尷尬極了，但是能再聽到他的笑聲，感覺真好。

然後他開始在我的床上滾來滾去，裝出一副快要嘔吐的樣子。

「我要吐了!我要吐了!」他不斷喊叫。

嬉鬧過頭。他總是玩得太過火，而我感覺他其實並不真的明白。最後，他終於問我是否喜歡桑妮做的那件事。

我記得我只是聳聳肩說：「我不知道。」

「來點不一樣的？」伊凡娜走在第一百二十五街，開口問我。「你有什麼點子嗎？羅利？」

「你們倒退著走，邊走邊玩，最後一定會往後跌，撞傷腦袋。」媽媽警告我們。

「我們搭地鐵四號線去市中心吧！我知道有一輛餐車賣的委內瑞拉玉米餅超級好吃。我們可以坐在聯合廣場野餐。」我說。

「市中心？委內瑞拉玉米餅？」伊凡娜問。我看得出來她對這個點子抱持著懷疑的態度。

「委內瑞拉玉米餅就像是比較小的熱三明治，」維加說，「超美味的。」

「便宜，而且好吃。」我加上一句。媽媽想了一會兒，然後咧嘴露出一個大大的笑容。

「好吧！羅利，」她說，「就來點不一樣的吧！伊凡娜，你應該放寬心胸，接受新的體驗。」

媽媽用手肘推推她。伊凡娜不以為然的「嘖！」了一聲。

「還有，我不想要你再叫我『羅利』了。」我對媽媽說，「我叫華勒斯．瑞奇波爾。」

「喔，你在開玩笑吧？」媽媽說，彷彿我剛才要求她的是從此稱呼我為「恆星王子殿下」。

「從現在開始，我想要大家叫我真正的名字。」我說，然後轉身，朝前邁開大步。

我想到蘿莎蒙，不知道她最近組裝了什麼新作品。我決定原諒阿里先生讓社會福利處帶走她的事，我相信他以為自己做了應該做的，即使他以為的正確選擇可能是錯的。

在我去探訪過蘿絲之後，隔了一週，她寄了封電子郵件給我。內容很短，開門見山的說她不喜歡弗農山。雖然外婆常常去看她，她還是很想念外婆。

蘿絲還說她不喜歡我送的那本詩集。

不喜歡也用不著告訴我，好嗎？

不過最酷的是她電子郵件裡的附件。她將我和她去肉類加工區，在鑽石屋前石板路上的合照寄給我。照片裡的她沒有微笑，我不意外，因為她本來就和一般女孩不一樣。

我照了那麼多建築物的照片，這是碩果僅存的一張。我爸媽沒再買新手機給我。

從去年的這個時候到現在，我失去很多，卻也得到很多。雖然我還是一樣瘦、沒有肌肉，但是我已經發現自己擁有的超能力——我能將腦袋裡想的東西在真實世界裡建造出來。

你一定要學習新的事物。我真希望杰邁恩也在，讓我和他分享這個新的體認。我在第一百二十五街上走著，突然間非常非常的想念他。我真希望他現在也在這裡，和我們在一起。

我已經不再因為他想拉我進他的幫派而生他的氣了。對於他到底為什麼在警告我千萬別加入那麼多年後，卻又決定拉我加入，我仔細思考了很久。

我想，主要是因為他來往的人。和你在一起的朋友可以幫你往上提升，也能讓你往下沉淪。只要時間夠長，他們可以影響你，讓你的思想偏往特定方向，改變你真正的個性。

我猜，杰邁恩不明白這一點。

或者，在他需要的時候忘了這一點。

就像阿里先生建議的，我決定保留所有關於我哥哥的美好記憶，將他留在我心裡。

我決定當我覺得需要和他談談、告訴他我在想什麼時，就到我和維加扔槍的哈林河觀景臺。就是哈林河面對布朗克斯區那裡。

布朗克斯區。

杰邁恩生命結束的地方。

我會在那個觀景臺把心裡的話向哥哥傾訴，那裡將會是我紀念他的祕密基地。

我微笑，回憶起他的樣子。

當然，我也還記得自己走在同樣一條街上，完全笑不出來的那段冷酷、痛苦的時光……

都已經過去了。

我在這段時間學會了最重要的事——你做的決定會左右你的人生。你的選擇塑造了你，而你的未來掌握在自己手裡。

作者後記
傾聽其他人的聲音

我熱愛語言。

在我居住的紐約市，有好幾百萬人講著各式各樣的語言。當我在城裡走路、搭地鐵或坐公車時，我總是仔細聆聽。我聽著他們說話的內容，觀察他們說話的方式。

如果你想成為一個說故事的人，了解其他人的觀點就變得非常重要。我們時常覺得自己有些話非說不可，然而，傾聽他人的聲音也很關鍵。我相信傾聽是明白和你不同的人的最佳方法。

而閱讀就是傾聽的一種。

我想寫《來不及閃耀的星星》的其中一個原因，就是目前市面上能為我故事裡的角色發聲的書籍非常之少。雖然我是在密蘇里州的郊區長大的，和書中主角羅利・瑞奇波爾所居住的哈林區非常不同，但是我在成年後曾在哈林區居住許多年，所以我直接傾聽了不少和他一樣的聲音。

非裔美國人英語，也就是俗稱的黑人英語，隨著說話者的不同，也有不同的面貌。事實上，在某個哈林社區常用的俚語，可能在兩個街區外的另一個哈林社區就無人知曉。我相信許多讀了這個故事、又住在哈林區的小讀者一定會指出這一點，甚至會說我在書裡用的字句早就過時了。

現在的社群文化，讓今日紅透半邊天的流行用語，極有可能下個星期就無人使用。我真心希望多年之後仍有人閱讀並享受《來不及閃耀的星星》，所以我在寫作時儘量選擇能代表我們黑人文化、卻又不受時間限制的非流行用語。

在真實的世界中，許多人也曾經有過類似《來不及閃耀的星星》裡，羅利所經歷的發現自我之旅。當我在二〇一一年失去我哥哥布萊恩時，整個人被悲傷吞沒。故事裡的羅利同樣也面對必須接受哥哥之死的課題。某方面來說，羅利在書中的情緒起伏就是我自己的經驗反射。

「失去」是每個人都得經歷和克服的難題。在我心裡、在你心裡都有一點點羅利的影子。其實在所有人心中，都存在著一個小小的羅利。

謝謝你們傾聽他的故事。

大衛・巴克雷・摩爾
二〇一七年於布魯克林

少年天下系列 —— 053

來不及閃耀的星星

作　　者｜大衛・巴克雷・摩爾（David Barclay Moore）
譯　　者｜卓妙容

責任編輯｜李幼婷、黃慧文
內頁排版｜極翔企業有限公司
行銷企劃｜葉怡伶

天下雜誌群創辦人｜殷允芃
董事長兼執行長｜何琦瑜
兒童產品事業群
副總經理｜林彥傑
總編輯｜林欣靜
主編｜李幼婷
版權主任｜何晨瑋、黃微真

出版者｜親子天下股份有限公司
地址｜臺北市 104 建國北路一段 96 號 4 樓
電話｜（02）2509-2800　傳真｜（02）2509-2462
網址｜www.parenting.com.tw
讀者服務專線｜（02）2662-0332　週一～週五：09:00~17:30
讀者服務傳真｜（02）2662-6048
客服信箱｜parenting@cw.com.tw

法律顧問｜台英國際商務法律事務所・羅明通律師
製版印刷｜中原造像股份有限公司
總經銷｜大和圖書有限公司　電話：（02）8990-2588

出版日期｜2019 年 11 月第一版第一次印行
　　　　　2022 年 11 月第一版第六次印行
定　　價｜380 元
書　　號｜BKKNF053P
I S B N｜978-957-503-497-9（平裝）

訂購服務 ——
親子天下 Shopping｜shopping.parenting.com.tw
海外・大量訂購｜parenting@cw.com.tw
書香花園｜臺北市建國北路二段 6 巷 11 號　電話（02）2506-1635
劃撥帳號｜50331356 親子天下股份有限公司

國家圖書館出版品預行編目資料

來不及閃耀的星星 / 大衛・巴克雷・摩爾 (David Barclay Moore) 文 ; 卓妙容譯. -- 第一版. -- 臺北市 : 親子天下, 2019.11
344面 ;14.8x21公分. -- (少年天下系列 ; 53)
譯自 : The stars beneath our feet
ISBN 978-957-503-497-9 (平裝)

874.59　　108014885